AF448897

* 9 7 8 9 7 7 8 8 6 9 0 5 7 *

منزلٌ على علاَّم

معتصم أحمد

نور الكتب للنشر والتوزيع

2024

اسم الكتاب: منزل علي علام

نوع الكتاب: رواية

تأليف: معتصم أحمد

التدقيق اللغوي: مروة ناصر

تنسيق داخلي وتعبئة: نرمين علي

منزل علي علّام

المقدمة

تـزداد حركتـه ويـزداد تشـنجه، يتـنفس بصـعوبة بالغـة؛ وكـأن جبلًا يجلـس فـوق صـدره،، يحـارب ويجـازف مـن أجـل أن يـنهض، إذا وقعـت العيـن عليـه تظـن أن بـه مرضًـا مـا، ولكنـه لـيس مريضًـا بجسـده بـل فـي عقلـه، اسـتحوذت عليـه هـذه الملعونـــة، ولكنهــا حذرتـه، وكمـا يقولـون لقـد أعـذر مـن أنـذر، ولكنـه لـم يهـتم، هـو لـم يؤذهـا ولكنـه أيضًـا تغافـل عـن حقهـا مـن أجـل فُتـات لا قيمـة لهـا مـن وجهـة نظرهـا، أمـا مـن وجهـة نظـره هو فكان كل شيء!.

اسـتيقظ أخيـرًا يلـتقط أنفاسـه أو مـا تبقـى منهـا بكـل صـعوبة، انهمـر مـن مقلتـي عينيـه دمـوع خفيفـة، يكـتم صـوت نحيبـه؛ حتـى لا تسـمعه زوجتـه التـي تنـام بجانبـه وتسـتيقظ فـي هـذه السـاعة المتـأخرة مـن الليـل، يضـع يـده قـرب صـدرها ليتأكـد من أنها لا تزال حية على عكس ما رأى في الحلم.

ومـن ثـمَّ يقـوم مسـرعًا بعدما تـذكر شـيئًا آخـر، ويـذهب مسـرعًا بخطـوات خفيفـة حتـى لا يُصـدر صـوتًا، يفـتش فـي الصـالة بعينيـه، وكأنـه أول مـرة يـرى هـذه الحجـرات، ثـم يتوجـه إلـى غرفـة ابنـه، وكمـا فعـل مـع زوجتـه يتفقـد صـدر ابنـه؛ حتـى يتأكـد أنـه لا يـزال حيًّـا، ويحمـد الله كثيـرًا علـى هـذا، ومـن ثـمَّ يُلملِـم شـتات نفسـه، ويخـرج مـن الغرفـة ليـذهب إلـى غرفـته، ولكـن قدمـه تشـبثت بـالأرض، وكأنهـا جـذور شـجرة ثابتـة منـذ خمسـين ألـف عـام، انقطـع صـوته، صُمـت أذنـه، يـزداد وقـع دقـات قلبـه، أذنـه لا تسـمع شـيئًا سـوى دقـات قلبـه العاليـة، يُحـدِّق فـي الفـراغ ولكنـه لـيس مجـرد فـراغ؛ ففـي آخـر الصـالة تقـف هـذه الملعونـة بفسـتانها الأبـيض وتبتسـم ابتسـامة مخيفـة؛ جعلتـه يفقـد الشـعور بمثانتـه لتجـد الميـاه سـبيلها إلـى سـرواله،

وفــي لمــح البصــر وجــدها أمامــه مباشــرة، وقــد تغيَّــر شــكلها، تغيَّر شكلها تمامًا؛ لتصبح في صورة زوجته!!!

ولكن بطريقة بشعة، ومن ثمَّ تقترب من أذنه وتهمس:

- منزل علي علَّام!!!!!!

البداية

قبل شهر

عندما تتزين السماء الصافية بالسُحب الخفيفة في أركانها، ومع صوت الطيور وترتيلهم الأغاني والنغمات في جو من الهدوء الصافي والنفس المنتظم، يستيقظ الرائد سيف الغارق في أحلامه. هل نقول الرائد أم ننتظر الترقية القادمة؟

الترقية التي ظل سيف يبحث عنها طوال عمره منذ صغره، تمنى أن يرتقي إلى أعلى الأماكن والمجالس، وأن يضع عائلته في المكان الصحيح عندما يترك لهم إرثًا يفتخرون به حين يموت.

كانت الأمور تسير بأفضل حال كما أراد وخطَّط، تميَّز سيف بذكائه العالي القادر على حل المشكلات سريعًا؛ مما وضعه على قرب خطوة واحدة من الترقية، ولكن دائمًا ما يقولون تأتي الرياح بما لا تشتهي السفن، وسرعان ما تبدلت الملامح الصافية، صوت الطيور، وأصوات النغمات والهدوء الصافي إلى غيمة تمنع نور السماء الصافي من المرور، وأصوات الطيور تحوَّلت إلى أصوات تصم الآذان، والهدوء إلى صخب حين أتى صوت زميله في العمل عبر الهاتف يخبره بالعثور على جثة فتاة مجهولة الهوية حتى الآن ومجهول سبب الوفاة؛ فتبدلت الأحوال والأهوال.

طوال الطريق وسيف يفكر ويفكر ويفكر، لا يفعل شيئًا سوى التفكير، ويضع سيناريوهات لا يُحبذها ولا يفضلها، ويحاول أن يجد لها حلولًا قبل أن تحدث، كان يدعو الله طول الطريق أن تصبح جريمة سهلة؛ حتى لا تتأخر ترقيته، إنه

يتمنى حين يصل إلى هناك أن يخبروه أنه لا توجد جثة؛ وإنما هم يمزحون معه احتفالًا بالترقية المرتقبة، ومن ثمَّ بدأ يتخيل ماذا لو أصبح هناك قاتل متسلسل؟ هذا سوف يؤخر الترقية إلى ما لا نهاية وماذا يفعل؟ ماذا؟ ماذا؟ ظل يسأل نفسه حتى وصل إلى بوابة قصر كبير ومكتوب على اللافتة منزل علي علّام.

دخل في هدوء وهو ينظر إلى زملائه وهم يقفون بالخارج، يُحيِّيهم ويُحيُّونه كالعادة إلى أن وصل إلى باب القصر وترجل من السيارة، ظل ينظر أمامه وخلفه وعلى القصر الشامخ ذي الطابق الواحد المهترئ القديم، وينظر إلى العشب والسور الطويل، ويدرس النواحي كلها للمكان، هذا ما كان يتميز به سيف التركيز على التفاصيل الصغيرة، ظل يفعل هذا حتى أتى زميله الملازم جمال، وبدأوا يمشون إلى داخل القصر ودار الحديث بينهما:

ـطمني وقولي إنها بسيطة يا جمال؛ أنا على ناري.

ـيا باشا متقلقش التشخيص المبدئي قال إنها انتحار.

ـالحمد لله.

نظر له جمال باستغراب ودهشة؛ فأدرك سيف خطأه ثم قال:

ـأقصد أصلي فكرت في تفكير كده، قولت يمكن يطلع قاتل متسلسل وأنت عارف إن دي آخر حاجة تنقصنا.

ـأكيد طبعًا يافندم، اتفضل من هنا.

أخذ جمال يرشد سيف إلى مكان الجثة، لم يهتم سيف بشيء سوى الوصول والخروج بأسرع وقت وهو متأكد من أنها

حالـة انتحـار، وتُغلَـق القضيـة سـريعًا. حـين وصلـوا للجثـة أشـاح العسـكري عـن وجـه الجثـة الغطـاء؛ فظهـر وجـه فتـاة جميلـة تبـدو فـي منتصـف العشـرينيات، شـعرها ليـس بطويـل ولا قصيـر، ملامحهـا هادئـة جـدًّا تجـذب كـل مـن ينظـر إليهـا، تفحص سيف الفتاة سريعًا وجمال ينظر لـه، فقال سيف:

ـمفيش حاجة غريبة، أعتقد حالة انتحار فعلًا.

ـبـس يـا باشـا ده مفيـش أي حاجـة تـدل علـى انهـا انتحـار ولا حبل مشنقة ولا أي حاجة!

ـممكـن يكـون سـم أو جرعـة عـلاج زيـادة، هنسـتنى الطـب الشرعي.

ـما أعتقدش يا باشا.

ـإزاي؟

ـأنا حاسس إن فيه حد ورا الليلة دي.

هنـا شـعر سـيف بالخنـق وتـذكر الترقيـة، وإذا حـدث وكـان هنـاك فعـلًا قاتـل؛ فـإن الترقيـة فـي مَهـب الـريح، فوجـد نفسـه يصيح في جمال بكل قسوة:

ـمفيش حـد ورا زفـت ومـش عـايز تشـغيل دمـاغ كتيـر إيـه يـا جمال، هنخيب ولا إيه؟

ـلا يافندم مش القصد بس..

ـولا بـس ولا غيـره دي حالـة انتحـار، وتقريـر الطـب الشـرعي هيظهـر وهنعـرف. ياريـت تشـوف شـغلك وبـس إنمـا ماتـت إزاي ده الطب الشرعي مفهوم؟

مفهوم ياباشا.

شعر جمال بالخَنْق الشديد من وصلة العنف التي حصل عليها أمام العسكري، فانصرف سريعًا من الغرفة، ثم انصرف العسكري، وظل سيف وحيدًا في الغرفة ينظر ويتأمل في الجثة المغطاة أمامه ويبتسم.

أخرج سيف علبة سجائره من معطفه، وسحب واحدة منها ووضعها في فمه وهو يبتسم، لفت نظره خروج يد الفتاة من أسفل الغطاء؛ فتنفس الصعداء وذهب ليعيد يدها مكانها، وبالفعل قام بإرجاع اليد ومن ثَمَّ عاد إدراكه حين كان واقفًا ونظر للجثة مرة أخرى، ثُبّت مكانه حين رأى يد الفتاة تخرج مرة أخرى، ولكن هذه المرة ظهر جزء أكبر من يدها، ذهب إليها وهو يردد وابلًا من الشتائم لها، حين ذهب ووضع اليد مكانها مرة أخرى تحت الغطاء لفت انتباهه شيء أبيض يشبه الورقة موضوع أسفل ظهرها، وما يظهر منه أكبر مما يختفي خلف ظهرها، أخذه وبدأ يفكر كيف لم يكتشفوا أمره؟ من المفترض أن يكونوا قد تفحصوا الجثة والمكان جيدًا، لكنه اقتنع وأقنع نفسه بأنهم مجموعة من الحمقى لا يعملون بِجِد.

سحب سيف الورقة وفتحها وقام بقراءتها؛ شعر بضيق في صدره واحمرت وجنتاه من القلق، وأخذ يقرأ الرسالة مرة واثنين وثلاثة؛ لعل المكتوب فيها خطأ! لم يشعر بأي شيء سوى صوت جمال يأتي من خلفه بعد أن نادى عليه للمرة الخامسة، فقام سريعًا بوضع الرسالة في جيبه، وقال له: في إيه؟

يا باشا ناديت عليك أكتر من مرة، هل فيه حاجة؟

ـلا مفيش.

ـاكتشفت حاجة؟

ـيوووووه هـي سـيرة يـا جمـال، مـا قولتلـك مفيش حاجـة فيـه إيـه مالك النهاردة؟ ده انتو حاجة تقرف.

ثـم تحـرك سـيف مـن مكانـه مسرعًا يخـرج مـن القصـر، وقـال لهم:

ـخلصـوا شـغلكم وقفلـوا القضيـة دي، و هنسـتنى تقريـر الطـب الشـرعي اللـي هيأكـد إنهـا حالـة انتحـار عاديـة، ومحـدش يتصـل بيا غير لما التقرير يظهر.

ثـم ذهـب مسـرعًا وقـاد سـيارته للخـارج، لـم يهتـم بـأي شـيء، لكـن وقـع نظـره مـرة أخـرى علـى لافتـة المنـزل منـزل علـي علَّام.

جلـس علـى مائـدة طعامـه بمنزلـه بعدما كان يهيـم الفـرح عليـه عندما علـم أنهـا حالـة انتحـار أو هـو قـرر ذلـك مـن نفسـه، أخـذ يمـرح مـع ابنـه وزوجتـه ويخبـرهم عـن ترقيتـه المنتظـرة، وطمـأنهم أن لا شـيء ممـا حـدث اليـوم سـيُعكر مـزاجهم أو مزاجـه هـو بالأخـص، وبعـد الانتهـاء مـن الطعـام ذهـب إلـى المرحـاض؛ حتـى يغسـل يديـه بينمـا انشـغلت زوجتـه فـي المطبخ وابنـه فـي غرفتـه، وأثنـاء غسـل يديـه وقعـت فرشـاة الأسـنان علـى الأرض؛ فنـزل علـى الأرض خلفهـا ليبحـث عنهـا، ووجدهـا ثـم وضعهـا فـي مكانهـا أمـام المـرآة، وحيـن نظـر فـي المـرآة كانـت صدمة لـه! حتـى أنـه لـم يشـعر بقدمـه حيـن رآهـا خلفـه، كانـت تقـف خلفـه بملامـح جامـدة وابتسـامة شيطانية، وفستان أبيض، وتبتسم وتبتسم وتبتسم.

يُتبع

ـسيف؟

ـسيف؟

ـبابا يا بابا مالك سرحان فيه إيه؟

ـما ترد عليا وعلى ابنك يا سيف، هو فيه إيه؟

في هـذه اللحظـة، استرد سيف ذهنه ورجـع إلـى الواقـع بعد رحلـة ذهـب فيهـا بخيالـه إلـى بعيـد، وأدرك أنـه لا يـزال يجلـس على طاولة منزله في حجرة الطعام.

ـ فيه إيه؟

نطق بها سيف بكل بلاهة ليقابلها تعنيف من زوجته:

ـفيـه إيـه؟ فيـه إيـه؟ بقالنـا أكتـر مـن خمـس دقايق بننادي عليك، وأنت عامل زي الميت وتقولي فيه إيه؟

ـأنا آسف يا حبيبتي والله بس ماأخدتش بالي.

ـماأخـدتش بالـك خمـس دقايـق؟ هـو فيـه حاجـة شـاغلاك يـا سـيف؟ في الشـغل فـي الترقيـة أى حاجـة؟ طبعًـا عـارف عقـاب اللي بيخبي الحقيقة إيه؟

ـلا لا أنـا بـس سـرحت شـوية أنـا آسـف، أنـا بـس محتـاج أنـام شوية بعد إذنكم.

نهـض سـيف مـن علـى الطاولـة مسـرعًا لا يسـتطيع مقاومـة قلة تركيـزه أكثـر مـن هـذا، فهـو لا يعلـم كيـف ذهـب بذهنـه إلـى هذه

الرحلة بهذه السرعة ولا كيف تخيل نفسه في موقف هو ليس فيه!

وأثناء تفكيره وهو في طريقه، لم يدرك ولو للحظة واحدة أن قدمًا تلو أخرى تقوده إلى طريق المرحاض دون أن يعي ماذا يفعل، فحينما أدرك أنه أمام المرحاض توقف أمام الباب مباشرة وهو يستعيد ذكريات تخيُّله ويفكر ماذا لو كانت رؤية؟ وأن ما حدث سوف يحدث، وماذا لو لم يحدث؟ أخذ يفكر كثيرًا وكثيرًا وكثيرًا، ثم تذكر أنه لا يؤمن بهذه الخرافات؛ فقرر أن يدخل المرحاض......

حين دلف إلى داخل المرحاض وجد كل شيء طبيعيًا وفي حالته تمامًا، وسرعان ما أخذ نفسًا عميقًا، وقرر أن يغسل يديه ...

حين اقترب من الحوض وجد أن كل شيء طبيعيًا إلا حين سقطت الفرشاة على الأرض؛ انتابه الفزع مرة أخرى وبدأ يشعر بالتوتر، هل حقًا إنها الرؤية؟ لكن سرعان ما تذكر أنه لا يؤمن بالخرافات؛ فانخفض حتى يحضر الفرشاة، وببطء وحذر شديدين أخذ يرفع جسده ورأسه ببطء حتى رأى نفسه في المرآة؛ وهنا ظهرت الابتسامة، ولكن على وجه الرائد سيف!

لم يجد شيئًا وراءه، حيث تأكد أن كل ما رآه ما هو إلا هذيان، فغسل يديه وهو مطمئن البال ومرتاح وعلى وجهه ابتسامة انتصار، ومن ثمَّ خرج من المرحاض وهو يمشي بكل فخر وكِبر حين تذكر ترقيته المرتقبة، فقرر أن يذهب إلى زوجته وابنه ويعتذر لهما عن قلة تركيزه غير المبرر ....

بعد عدة محاولات نجح أخيرًا في مصالحتهم وتصحيح أخطائه، واتجه إلى غرفة نومه؛ حتى يحظى ببعض النوم المريح، ولكن على باب غرفته سمع اهتزازًا يأتي من بنطاله، وحينما نظر إليه وجد أنه لم يُغيّر ملابسه ولا يزال بملابس العمل منذ أن عاد، أنقذه من شروده في ملابسه اهتزاز الهاتف مرة أخرى، فوضع يده في جيبه وأخرج الهاتف؛ ليجدها رسالة من جمال يخبره فيها أنهم عرفوا من هي الفتاة، وتم تحديد جلسات للاستماع إلى أهلها غدًا، لم يهتم سيف بكل هذا، بل كل ما اهتم به كان آخر جملة في الرسالة، وهي أن جمال يعتذر عن التشكيك، وأن الحالة فعلًا هي حالة انتحار، ولكن بطريقة لم يسمع عنها أحد من قبل، وهي عدم التنفس.

ظفر سيف ظفرة المنتصر، لم يهتم بكل هذا؛ فكل ما يدور في عقله الآن هو الترقية، إنها تقترب وتقترب كثيرًا جدًّا، ولكنه شعر بشيء في يده يلتصق بالهاتف من الخلف، وحين رفع الهاتف وجد الرسالة التي أخذها من الجثة وتكتَّم عليها! شعر سيف في هذه اللحظة بالخجل من نفسه، ولكن ضميره لم يشاوره أكثر من ثانية، ثم عاد ليتذكر الترقية فقرر أن يضع الورقة في جيبه ويكمل الفرحة، ودلف إلى غرفته وقرر أن يغلق على عقله ويستريح، ولكن سرعان ما تغيَّرت الأمور حين نظر إلى مرآة غرفته ووجد مكتوب عليها بأحمر الشفاه الخاص بزوجته:

عارف عقاب اللي بيخبي الحقيقة إيه؟

شعر سريعًا بالتوتر، وبأعلى صوت استخدمه في حياته كلها قرر النداء على زوجته.

نرجس!

ظـل واقفًـا مكانـه يسـمع وقـع طرقـات علـى الأرض تقتـرب إلـى أن ظهرت زوجته وهي تهرول وتقول:

ـ في إيه صوتك عالي كده ليه؟

ـ إيه ده؟

وأخـذ يشـير إلـى المـرآة؛ وسـرعان مـا انقلـب الخـوف علـى وجـه نـرجس إلـى تـوتر، ومـن ثـمَّ إلـى ابتسـامة خافتـة بعـد أن تـذكرت شيئًا وقالت:

ـ هزارك دمه ماسخ.

ـ هزاري؟!

ـ انـت كاتـب الجملـة اللـي أنـا لسـه قايلهالـك وإحنـا بناكـل عشـان تخضني ولا عشان إيه طيب؟

وسـرعان مـا تـذكر سـيف أن الجملـة فعـلًا هـي مـا قالتهـا زوجتـه منذ قليل، ومن ثم قال: لا أنا ما كتبتش حاجة.

ـ ما كتبتش إزاي وأحمر الشفاه في إيدك وعلى قميصك أهو؟

أخـذ ينظـر إلـى يـده؛ فوجـد أحمـر الشـفاه بيـده فعـلًا، لا يـدري كيـف وصـل إلـى هنـا، والبقـع الملطخـة علـى قميصـه مـن أحمـر الشـفاه لا يـدري كيـف وصلـت إلـى هنـا، كل مـا شـعر بـه كان التـوتر، التـوتر والخـوف فقـط، وبسـرعة أخـذ المحفظـة مـن علـى المنضـدة ومفـاتيح السـيارة، وتـرك خلفـه زوجتـه وأسـئلتها، وقـرر أن يخـرج مـن البيـت لا يـدري إلـى أين؟.............

تحقيقات

السرعه في تزايد، المؤشر يهتز بين السرعات العالية، ما يحذرونك منه في الأفلام بعدم تجربته كان الرائد سيف يقوم به في هذه اللحظات، لا يعرف إلى أين يذهب في هذه الأثناء بعد الذي حدث في بيته وفي حضرة عائلته. هل فعلًا كانت زوجته تمزح معه؟ ولكن كيف؟ كيف وأحمر الشفاه على قميصه وكان في يده؟ وكيف قام هو بكتابته؟ هو حتى لا يتذكر أنه ذهب ناحية المرآة ليأخذ أحمر الشفاه، ولكن كيف؟ كيف حصل كل هذا؟

هو لا يدري، ولا تزال السرعة تتزايد، لايعرف إلى أين يذهب. هو يحتاج إلى إجابة على هذا الحدث، فهو شيء غير طبيعي وضمن نطاق الأشياء التي يرفض الإيمان بها وتصديقها، ولكنه متأكد أنها ليست زوجته ولا هو، في هذه اللحظة اقتنع سيف أن السبب في كل هذا هو القضية التي تحت يده، وهذه الملعونة ورسالتها وانتحارها هم السبب في كل هذا؛ فقرر الرائد سيف أنه سيحاول إغلاق القضية من كل النواحي؛ حتى لا تؤثر على عقله ومستقبله أكثر من هذا، وخاصةً ترقيته، فقام بإرسال رسالة إلى جمال يخبره فيها بإحضار ملفات ومحاضر القضية إلى مكتبه، فهو ذاهب إلى مكتبه الآن قبل بزوغ الفجر حتى......

حين وصل إلى مكتبه في المخفر تابعه سيل من التساؤلات عن سبب قدومه في هذه الساعة من الليل، لكنه لم يهتم بأحد ولم يرد، فقد أخذ الملف وطلب فنجانًا من القهوة السوداء السادة؛ حتى يستطيع مقاومة جفونه التي تترجاه أن يُغلقها ولو لخمس دقائق فقط.

وصـلت قهوتـه وأمـر العسكري الواقـف بالخـارج بمنـع دخـول أي أحـد حتـى لـو كـان رئـيس الجمهوريـة إلـى أن يصـل أهـل المُنتحـرة للتحقيقـات التـي يراهـا عديمـة الفائـدة؛ فالفتـاة اللعينـة التـي ظهـرت لـه فـي حلمـه علـى مائـدة الطعـام ماتـت منتحـرة، فلـمَ التحقيـق مـن الأسـاس؟ ولكـن مثلـه مثـل أي إجـراء روتينـي؛ حتى تُغلَق القضية وينتهي كل هذا.

جلس علـى مكتبـه وقـام بفتـح ملفـات القضية والمحاضـر، وقـام بتجميـع كـل مـا يهمـه مـن صـورة تظهـر فيهـا ملامـح الفتـاة قبـل وبعد موتها، ومعلومات تتمثل في الآتي:

الاسم : نور أحمد إبراهيم.

السن: واحد وعشرين عامًا.

مواليد: واحد أكتوبر لسنة .....

الحالة الاجتماعية : عزباء.

الحالـة الأسـرية: والـدتها متوفـاة حينمـا كـان عمرهـا خمـس سـنوات، والـدها متـوفًّى مـن سـتة أشـهر، لـديها شـقيقان وشقيقتان.

محمد أحمد إبراهيم ٣٠ عامًا.

يوسف أحمد إبراهيم ٢٥ عامًا.

شروق أحمد إبراهيم ٢٦ عامًا.

هاجر أحمد إبراهيم ٢٤ عامًا.

محمـد منفصـل عـن زوجتـه، يوسـف و هـاجر عازبـان، ولكـن شروق متزوجة ولديها طفلة.

المنـزل الـذي وُجِـدَت بـه هـو منـزل سكنته العائلـة قديمًا منـذ سنـوات طـوال، سبب المـوت داخـل المنـزل مجهـول، وكذلـك سبب الذهاب.

حالـة الوفـاة: انتحـار خنقًـا بيـديها، ومنـع دخـول الأكسـجين إلـى رئتيها.

وجدها حارس المنطقة أثناء تفقده للمكان.

عنـدما فـرغ الرائـد مـن قـراءة مـا جمعـه مـرة واثنيـن وثلاثـة حتـى يجـد أي شـيء يـدعو للشـك؛ لـم يجـد شـيئًا يحـرك مشـاعره ويجعلـه يغيـر رأيـه إلا أنـه تـذكّر مـا كُتِـب علـى المـرآة فـي منزلـه، وسـاوره الشـك مـن جديـد؛ إذا كـان كـل شـيء طبيعـى، فما هذا الذي حدث معه و عنده في البيت؟!

فقـرر أن يـريح عقلـه وبالـه وينتظـر العائلـة حتـى يُجـري معهـا بعـض التحقيقـات، أسـند ظهـره إلـى الكرسـي، وقـام برفـع قدميـه علـى المكتـب، وأخـذ يحلـم بالأشـياء التـي يحبهـا، وهـي تـتلخص فـي كلمـة واحـدة الترقيـة، المكانـة التـي حـارب طـوال حياتـه وعمـره كلـه حتـى يصـل إليهـا، فأخـذ يتخيـل نفسـه يقـف فـوق خشـبة المسـرح و هـو يتسـلم الجائـزة، ولكنـه فـي ثانيـة واحـدة وجـد نفسـه يقـف فـي مكـان يعلمـه جيـدًا، يقـف فـي منـزل علي علّام!!!!!!!

تحـول كـل شـيء فجـأة؛ حيـث رجـع عقلـه بالزمـن إلـى الـوراء، يـوم وفـاة الفتـاة ويـوم ذهابـه إلـى مسـرح الجريمـة، ولكـن هـذه المـرة لـم يكـن هـو الضـابط المسـؤول، بـل كـان متفرجًـا لا يـراه

أحد، يقف أمام جمال والعساكر ويلوح بيده لكن لا أحد يراه، يصرخ بأعلى صوته لكن لا أحد يسمعه.

جلس على سلم المنزل إلى أن ظهرت سيارة في الأفق، كان يعرف هذه السيارة جيدًا، فهي سيارته!

وقفت السيارة أمام المنزل ونزلت منها الرائد نور، ماهذا العبث! هو لا يدري ما هذا ولا يفهم شيئًا، فقرر أن يُساير الأمور، تقدمت الرائد نور وجمال سويًا إلى أن وصلا إلى مكان الجثة، فأمرت الرائد نور العسكري أن يزيح الملاءة عن الجثة حتى ترى وجهها؛ وهنا كانت الصدمة حيث كانت الجثة لسيف! كان سيف يقف مذهولًا، ما هذا؟ وكيف وصل إلى هنا؟ ظل يصرخ ويلوح بيده، لم يستطع أحد سماعه، فوقف يبكي في الزاوية إلى أن ذهب جمال والعسكري وبقيت الرائد نور، وحدث كما حدث معه تمامًا، حيث ظلت يده تخرج ونور تعيدها مكانها إلى أن رأت الرسالة التي كانت أسفل ظهره مباشرة، ففتحتها وظلت تقرأها، ثم ظلت تضحك وتضحك ويعلو صوتها ونظرت إلى سيف، لم تنظر للجثة بل نظرت للزاوية من الغرفة، وظلت تقترب وتضحك ويعلو صوت ضحكتها كثيرًا، وفجأة تغير شكل الرائد نور إلى الجثة نور، ووقفت بفستانها الأبيض ووجهها البارد شديد الزُرقة، وظلت تضحك بصوت مُحشرج ووضعت يدها على كتفه وقالت:

عارف عقاب اللي بيخبي الحقيقة إيه؟!!!!!!!

تابع تحقيقات

ـ عايزة مني إيه؟ عايزة مني إيه؟

يا باشا يا باشا يا باشا، فوق يا باشا هي مين دي؟
[19]

شـهق الـرائـد سـيف شـهقة استنشـق بهـا كـل الـهـواء الموجـود في الغرفـة، وسـط عـين شـديدة الاحمـرار، وجبـين متعـرق، ووجـه أحمـر. بجانـب الـرائـد سـيف شـعر العسـكري عبدالصمـد بالخوف والفزع الشديد والتلعثم في النطق، وقال:

ـ يبـا... يبـا... يـا باشـا حضـرتك قـو.. قـولتلي لمـا يجـي أهـل البنـت قول لي غير كده ما تقوليش.

نظـر سـيف يمينـه ويسـاره ومـن خلفـه، فوجـد النـور المنبعـث من الزجاج، ثم قال:

ـ إيه النور ده، هي الساعة كام؟

ـ الساعه تسعة يا باشا.

ـ تسعه إزاي؟ أنا غفلت خمس دقايق بس!

ـ حضرتك هنا في المكتب من قبل الفجر، أجيبلك قهوة؟

لـم يصـدق سـيف مـا يسـمع؛ فهـو يعـرف أنـه قـد غفـل، ولكـن لـم يدرك أنه نام كل هذا، قال سيف:

ـ هـاتلي أي حاجـة بسـرعة وجهزلـي أهـل البنـت دي بسـرعة؛ خلينا نقفل القضية الزفت دي.

ـ حاضر يا باشا حاضر.

ذهـب العسـكري سـريعًا، ولكـن قبـل أن يفـتح البـاب التفـت للـرائـد سـيف الـذي وجـده يفـتح علبـة سـجائره ويخـرج منهـا واحدة، فسأله:

ـ معلش يا باشا هي مين دي اللي كنت بتتكلم عنها قبل ما تصحى يا باشا؟

ـ مين دي؟

ـ أصل وأنا بصحيك يا باشا قعدت تقول أنتِ عايزة مني إيه عايزة مني إيه، وكأن حد بيموتك أو بيخنقك.

ـ اطلع برا وكفياك تخاريف.

ـ يا باشا والله ما بخرف.

ـ بقولك اطلع برا غور في داهية.

ـ حاضر يا معالي الباشا.

خرج عبد الصمد وفمه لا يزال يغمغم بكلمات لا تدري أهي سبٌّ أم تعجب؟ ولكن لا يهم، استكمل سيف سرحانه في الدخان الخارج من سجائره إلى أن أتت القهوة وشربها سريعًا على غير عادته، ثم خرج من المكتب.

توجَّه إلى الغرفة المُخصَّصة لاستقبال المستجوَبين، ولكن قبل أن يدخل وجد صوتًا يأتي من الخلف، حينما التفت وجده صوت جمال، والذي قال: صباح الخير يا سيف باشا.

ـ صباح الخير يا جمال.

ـ كلهم جاهزين هدخلهم بالدور، الموضوع مش هيطول بعد ما أتثبت أن هي منتحرة خلاص محدش له يد.

وأكمل جمال في داخله، قائلًا: زي ما كان نفسك طبعًا

ـ تمـام يـا جمـال الله ينـور، خلينـا نخلـص أنـا هـدخل وأنـت خليـك من ورا الازاز وتابع الدنيا.

ـ تمام يا باشا بس هو إيه ده؟

نظر سيف إلى حيث يُشير جمال؛ فوجد كتـف المعطـف بـه قطعٌ أو حرق، توتر سيف قليلًا ثم أردف:

ـ اه ده الغبي عبـد الصمد تلاقيـه وهـو بيصـحينى شـدني جامـد، أنت عارف الصعايدة بقا ايديهم تقيلة أوي.

ـ طب وعينك يا باشا، مالها حمرا كدة ليه؟

ـ اه ده عشـان بيّـت هنـا فـي المكتـب، أنـت عـارف الجـواز بـس ومشاكله عقبال ما أشوفك عريس يا جمال.

نظـر إليـه جمـال بوجـه لا يبـدو عليـه تصـديق كـل مـا قيـل، ثـم قال:

ـ يارب يا فندم.

ـ يلا روح شوف شغلك.

ـ أوامرك.

جلـس سـيف فـي غرفـة الاسـتجواب والتحقيـق بعـد أن خلـع معطفـه، فضّـل سـيف أن يقـابلهم فـي هـذه الغرفـة بـدلًا مـن مكتبـه؛ حتـى يولّـد لـديهم شـعورًا بـالخوف والاعتـراف إذا كانوا يخفون شيئًا.

بدأ بهاجر أحمد إبراهيم، فسألها:

ـقوليلي يا هاجر أختك كانت بتعاني من أي أمراض نفسية؟

ـلا خالص.

ـولا جسدية؟

ـلا برضه، أختي كانت سليمة جدًّا بس إحنا ما نعرفش عملت كدة ليه!

ـما لاحظتوش غيابها لما مشيت؟

ـإحنا كنا نايمين وهي مشيت بليل.

ـوعرفتوا منين إنها ماتت؟

ـعم عثمان قدر يبلغنا، هو البواب بتاع المكان أو المنطقة كلها.

ـالمنطقة كلها اللي ما فيهاش غير بيت واحد؟ وفي صحراء؟

ـبالظبط كده هو بيحرس المنطقة من زمان، ممكن تسأله

ـأسأله إزاي وإنتِ عارفة إنه أخرس؟؟!

ـنسيت يا باشا، أنا آسفه.

ـطب إشمعنا البيت ده اللي اختارت إنها تموت فيه؟

ـلا الصراحه ما اعرفش!.

ـطب الموتة مش غريبة عليكِ؟

ـلا غريبة طبعًا بس كلها أقدار وأهو اللي حصل بقا.

-مش باين عليكِ الحزن خالص ليه؟

-الحزن في القلب يا باشا وإحنا متعودين كلنا دموعنا جوة البيت، برا البيت مفيش أقوى مننا.

-براڤو.

-فيه حاجة تاني يا باشا؟ هو أنت متهمني بحاجة؟؟؟

-لا خالص إحنا بندردش، تقدري تتفضلي.

مضت ساعتان أو ثلاث، كانت إجابات كل من هاجر، وشروق، ويوسف متطابقة تمامًا وخالية من أى خطأ أو حتى شيء صغير يُثير غريزة سيف للقليل من الشك، حتى محمد أيضًا كان مثلهم إلا من شيء واحد!

-يعنى ما تعرفش برضه يا محمد أى حاجة بخصوصها؟ دي أختك الصغيرة المفروض تكون أنت الواصي عليهم.

-ما اعرفش يا باشا دي هربت من البيت بليل لكن إحنا منعرفش حاجة.

-طب موتها مش غريب دي حادثة أول مرة نسمع عنها؟

-فعلًا حضرتك بس زي ما قولتلك معنديش كلام زيادة أقوله.

-بس أنا حاسس إن عندك أكتر.

-يا باشا والله ما عندى حاجة تاني أقولها أنت عارف يا باشا اللي بيخبي الحقيقة بيبقى عقابه إيه؟؟؟

شعر سيف بالخنق الشديد وبدأ جبينه يبتل؛ لأنه تذكر الحلم الذي قضى فيه أكثر من سبع ساعات كاملة، تغيَّر صوته فجأة وظهرت حِدَّته وقال:

ـ أنت جبت الكلام ده منين؟

ـ كلام إيه يا باشا؟

ـ الجملة اللي أنت لسه قايلها، يلا إحنا هنهزر مع بعض قولي جبت منين الجملة دي؟

ـ يا باشا دي جملة أنا قريتها في فيلم قبل كده!.

اشتد غضب سيف، ولم يتمالك نفسه؛ حيث قام من مكانه وجذبه من ياقة قميصه، وظل يطرح عليه السؤال نفسه:

ـ جبتها منين بقولك؟ عرفتها إزاي؟ موتوها إزاي يا ولاد الكلب؟

وسط ذهول واستغراب شديد من كل من محمد وجمال الذي جرى من الحجرة المجاورة ودخل إلى غرفة الاستجواب، وقام بفض الاثنين عن بعضهما البعض وسط سبّ وقذف من سيف، وكلام من محمد أنه سوف يقاضي الضابط سيف إلى أن انتهى الجدال بإخراج سيف من الغرفة وعودته إلى مكتبه.

دخل جمال إلى مكتب سيف ذي الوجه المُحتقن، نظر له سيف نظرة ذات مغزى؛ فهم جمال ما رمى إليه سيف فقال:

ـ اتصرفت مع الولد ده قولتله أنك زعلان على موت البنت وكلام من ده كتير لحد ما اقتنع.

كويس كويس

-.....

- القضية اتقفلت يا جمال خلاص.

بـس يـا بـاشـا أنـا سـمعتك وأنـت بتقولـه انهـم قتلوهـا، شـاكك فـي حاجة؟

لشك مش هيفيد يا جمال، مهنتنا مهنة دلائل غير كده مفيش.

طب ما نحاول تاني!

قـاطعهم دخـول أحمـد مـن البوفيـه ومعـه كـوب مـن القهـوة التـي يحبها الرائد سيف، ثم قال:

- أحلى قهوة لأحلى باشا متنسناش بقا يا باشا لما تترقى.

ابتسـم سـيف ابتسـامة بسـيطة، وتـذكر الترقيـة ومـاذا تعنـي لـه، ومن ثَمَّ أكمل جمال:

يا باشا ما نحاول تاني!

أنـا قولتلـك زفـت القضيـة اتقفلـت خـلاص ومـش عـايز كـلام تـاني ولـو فتحتـه تـاني هحولـك لأقـل مكتـب فـي الداخليـة كلهـا، حماس الشباب ده أنا عارفه كويس حاول تكبر شوية.

شـعر جمـال بالخجـل مـن كـلام سـيف ورجفـت عينـاه، وفضَّـل أن لـو كانـت الأرض انشـقت وابتلعتـه قبـل أن يقـول أي شـيء، لكن باغته سيف:

- اتفضـل يـا جمـال وخـد البـاب وراك، وقبـل مـا تمشـي تسـيبلي نسخة من ملف القضية.

ـحاضر يا باشا.

ذهب جمـال ورجـع الرائـد سـيف بظهـره إلـى الكرسـي وتـذكر الترقية، لكن هذه المرة دون أن يغلق عينيه، وظل يبتسم.....

عـاد الرائـد سـيف إلـى بيتـه، نظـر إلـى غرفتـه فوجـد زوجتـه نائمـة، وألقـى نظـرة علـى غرفـة ابنـه فوجـده نائمًـا أيضًـا، قـام بوضـع الملـف علـى مكتبـه فـي غرفـة خصصـها لتكـون مكتبًـا لـه، كـان مـن عادتـه أن يحـتفظ بنسـخ للقضايا التـي قـام بحلهـا فـي خزانـة بقفـل فـي مكتبـه؛ ليـذكره بإنجاز اتـه حـين ينتابـه نوبـة حزن أو اكتئاب.

ذهب إلـى المرحـاض لمـدة قليلـة، ثـم عـاد إلـى غرفـة مكتبـه حـين تـذكر أنـه لـم يضـع الملـف فـي الخزانـة، حينمـا اقتـرب وجـد ظـلًّا علـى الأرض؛ فـاقترب أكثـر حتـى يتبـين لـه لمـن هـذا الظـل؛ فوجـده ابنـه يقـف بجانـب المكتـب وينظـر للمكتـب بدقـة، فصرخ به سيف:

ـوليد بتعمل إيه هنا؟

نظـر إليـه الفتـى، ثـم قـال فـي فـزع: السـت دي أنـا شـوفتها النهاردة!

ـست مين؟

ـاللي في الصورة دي!!!

اقتـرب سـيف مـن المكتـب ونظـر فـي الصـورة وكانـت الصـدمة؛ لـم يتخيـل أن تصـل بـه الأحـداث والمواقـف التـي يظنها خرافات إلى ابنه.

نظرة للماضي

شوفتها فين وإزاي؟ نطق بها سيف بتعصب دون أن يشعر أنه يتحدث إلى ابنه وليس متهمًا لديه في قضية، استمر يصرخ به في حالة من الهيستيريا:

-إزاي؟ قولي إزاي؟

لم يشعر سيف بأي شيء ولم يدر ما حدث، لكنه لم ينتبه لما وصل به الحال إلا حين نظر إلى يديه ووجدهم يحيطون بياقة قميص ابنه، ثم نظر إلى عين وليد ووجد دمعة انسالت من مقلتي عينيه دون حراك، عندئذٍ هدأ أسيف ورجع إلى حالته الطبيعية واستردَّ وعيه، ولكن على الطرف الآخر كان وليد في حالة دهشة واستنكار تمامًا لما حدث ولا يدري لماذا حدث كل هذا، هل ما كان عليه أن يخبر والده؟ وهنا نطق وليد أخيرًا:

شو..شو..شوفتها النهاردة جتلي بعد المدرسة، كانت واقفة على الجنب التاني شاورتلي لكن مروحتلهاش، وطلعت أمشي في طريقي المعتاد للبيت، وأنا راجع كنت كل شوية ألتفت ورايا لحد ما في مرة التفت وما لقيتش حد، ولما رجعت راسي لمكانها الطبيعي لقيتها قدامي، كانت نفس الشكل اللي في الصورة بنفس الفستان الأبيض، ولكن وجودها قدامي كان له رهبة وخوف مقدرتش أنطق، كل اللي هي عملته قالتلي انت عارف عقاب اللي بيخبي الحقيقة إيه؟ومشيت ولما التفت ورايا ما لقيتهاش وكأنها كانت عفريتة!!!!

أخذ وليد يبكي بحرقة كبيرة حين تذكَّر التفاصيل، وسيف يحاول أن يهديء من روعه، ويخبره أن كل الأمور بخير

وحديث مـن الـذي يبعـث الطمأنينـة فـي القلـب، لكنـه يـدري أن كـل مـا يحـدث عكـس هـذا، واسـتمر فـي الحـديث مـع وليـد إلـى أن قال وليد:

-هي ممكن تأذيني يا بابا؟ ومين دي وتعرفها منين؟

-مفيـش حاجـة هتأذيـك كـدة كـدة دي حاجـة أنـا قربـت أخلـص منهـا مـا تقلقـش، المهـم مـاتقولش لأمـك حاجـة خـالص عـن الموضوع ده.

-بابا هو أنت قتلت الست دي ومخبي الحقيقة؟

هنـا صعـق سـيف وأثـاره التسـاؤل هـل هـو فعـلًا مـن قتلهـا؟ هـل هـو فعـلًا مـن شـارك فـي قتلهـا حيـن خبـأ الحقيقـة؟ هـل هو مشـارك فـي جزء مـن القضية وتسـتر عليهـا؟ هـو حتـى لـم يقُـم بالاسـتجواب بالشـكل الـدقيق، ولـم يهتـم بـالتحقيق؛ حيـث كـان يهتم بغلق القضية بأسرع وقت فحسب.

-لا لا طبعًـا أنـا مسـتحيل أعمـل كـدة وبعـدين مـتقلقش أنـا هتصرف.

-ماشي.

-روح أوضتك يلا.

-.........

وقـف سـيف يفكـر لمـاذا يحـدث كـل هـذا حيـن يكـون الوقـت غيـر مناسـب تمامًـا؟ هـل يمكـن أن يطـول الأذى عائلتـه؟ ولكـن أي أذى؟ إنـه لا يـؤمن حتـى بهـذه الخرافـات أم تـراه الآن يـؤمن؟ إنـه الآن فـي صـراع مـع نفسـه إذا صـدق شـيئًا كهـذا فعليـه أن يقـوم بفتـح القضيـة مـرة أخـرى، وإذا لـم يـؤمن فـإن القضيـة
[29]

أصبحت مغلقة الآن، لا يدري ماذا يفعل في هذه الساعة، لقد ذهب النوم من عينيه، وقرر أن يرتدي ملابسه ويخرج لا يدري إلى أين، ولكنه سيخرج!

ظل يفكر طوال الطريق هل يمكن أن يمس الأذى عائلته؟

ظل يأخذ طرقًا دون أن ينتبه، ينعطف يمينًا ثم يسارًا لا يدري أهو من يقود أم أن جسده يقود وروحه متعلقة تفكر؟ أخذ يراوده في ذهنه حادثة المكتب وحرق معطفه، هل كل هذا طبيعي؟ ويتذكر حركة الجثة والورقة التي خبأها أهذا طبيعي أيضًا؟

إنه حتى الآن لا يعرف محتوى الطبيعي وتعريفه، هو النرجسي الذي أقنع البشرية أنه يعرف كل شيء، الآن لا يعرف ما هو الطبيعي وماهو العادي، حين انتبه أخيرًا وعاد له عقله، وأصبح جسده وروحه شخصًا واحدًا مجدّدًا، وجد نفسه أمام المخفر، إذن فهذا ما قاده إليه جسده، قاده إلى العمل، هو يدري منذ زمن ويؤمن أن لكي تقضي على التفكير والحزن عليك بالعمل، لكنه أيضًا يؤمن بأنه لا يوجد شيء صدفة، وإذا جاء إلى هنا فيجب أن يكون هناك سبب وليس مجرد حظ!.......

نزل من سيارته وفي طريقه لمكتبه، كل من كان موجودًا في هذه الساعة يرد التحية العسكرية، وترددت عليه الأسئلة عن سبب مجيئه في هذا الوقت، وكان يجيبهم بأن عليه عملًا يجب أن يُكمله، حين دلف إلى مكتبه أمر العسكري أن يُحضر له قهوة سادة من البن الثقيل التي تجعل القلب ينبض سريعًا، لا يدري حقًّا لمَ طلب هذا، ولكنه طلبه...........

أخذ يُدخن سيجارته مع كوب القهوة، وظل يفكر ويفكر هل من الممكن للأذى أن يطول عائلته؟ وهنا قطع حبل افكاره

جمـال ودخولـه المكتـب، لـم يُبـدِ اهتمامًـا لدخولـه، وظـل يحتسي قهوتـه، ولكنـه أشـار لـه بـالجلوس واستمر السـكوت بينهمـا للحظـات لـم يـدرِ كـلًّا منهمـا مـاذا يقـول، لكـن كـان يظهـر علـى جمـال علامـات الضيـق والخنـق فـي نظراتـه إلـى أن عاجلـه سيف:

ـ خير؟

ـ ....

ـ مالك يا جمال أنت كمان القطة أكلت لسانك؟

ـ بـص يـا سـيف باشـا أنـا يـوم الاسـتجواب أنـت قـولتلي إن قطع المعطـف كـان بسـبب العسـكري، ولكـن لمـا سـألته قـالي إنـه مـا لحقـش يلمسـك أصـلًا ولا جـه جمبـك، وكمـان الضيـق اللي جالـك فجـأة وأنـت مـع أخـو الضحيـة إيـه اللـي حصـل خـلاك تعمل كل ده، كل ده من جملة؟ ما أعتقدش.

ظـل سـيف يحـافظ علـى هدوئـه ولـم يُجـب علـى جمـال، وكـان جمـال ينتظـر إجابـةً منـه شـافية لكـل شـيء، ظـل الوضـع هكـذا إلـى أن فـرغ سـيف مـن قهوتـه وأطفـأ سـيجارته فـي المطفـأة، ثـم قـام مـن مجلسـه وفتح البـاب وخـرج مـن مكتبـه، وتـرك جمال بالـداخل كـل علامـات الدهشـة والتـوتر عليـه، ومـن ثُـمَّ اتجـه سيف إلى خارج المخفر، وأخذ سيارته وذهب.

هـل مـن الممكـن أن يصـيب الأذى عائلتـه؟ ظـل يفكـر مجـدَّدًا ولـم يهتـم بكـلام جمـال بتاتًـا ولا حتـى فكَّـر فيـه؛ فهـو يريـد أن يعـرف شـيئًا واحـدًا هـل مـن الممكـن أن يصـيب الأذى عائلتـه؟ ظـل يفكـر إلـى أن جـاءت فـي ذهنـه صـورة جعلتـه يشـهق شـهقة كبيـرة، جعلـت قدمـه تغـرز علـى الفرامـل بحركـة لا إراديـة؛

مما جعل السيارة تصدر صوت احتكاك العجلات مع الطريق ومن ثمَّ توقفت. كيف؟ كيف؟ كيف؟ كيف؟

كيف لهذه الصورة أن تأتي إلى عقله؟ فهو حتى لم يفكر فيها، ولم يرد أن يتذكر شيئًا عن الماضي؛ لأنه قد محاه بكل تفاصيله، ولكن كما قلت لكم من قبل إن سيف يؤمن بأن لا يوجد شيء صدفة، وإنما كلها أقدار، وهنا قرر سيف أخذ الطريق المعاكس والذهاب إلى مكان لا يحبه؛ حيث إنه مرغم الآن بفرض من ذاكرته اللعينة.

حين ذهب إلى المكان وجد الكثير من الأشياء قد تغيرت فيه، لم تعد المنطقة كما كانت، بل أصبحت أسوأ من ذي قبل؛ شوارع باهتة ممتلئة بالقمامة، بيوت قديمة ومحروقة، وكأنها تحمل بداخلها الكثير من الذكريات الأليمة، والهواء في الشارع كان يسوده رائحة لا يمكن أن تميزها، أهي رائحة الموت!

لا يدري، ولكنه قرر أن يترك سيارته في مكان قريب، ويُكمل السير على قدمه؛ لصعوبة توغل السيارة ولعدم تذكره الكامل للمكان؛ فهو لم يأتِ إلى هنا منذ أسابيع أو شهور أو سنين. نعم أعتقد إنها سِنون!.

حينما كان يمشي ظل يفكر، ويحاول تذكر المكان الذي يريد أن يقصده، ولكن صعوبة التذكر في علاقة طردية مع عدد السنين التي ظلها بعيدًا عن هنا.

حينما وصل إلى شارع كان يظن أنه رآه من قبل، أخذ يسير فيه فظهر له رجل كان يجلس في الظلمة جلسة القرفصاء، فتوجه له سيف، ظل الرجل يجلس نفس جلسته إلى أن بانت ملامحه، حيث كان شابًا في بداية العشرينيات، ولكن يظهر

على وجهه أنه في نهاية الخمسينيات إلى أن بادره الشاب قائلًا:

ـاؤمر يا كبير، أنك تيجي لحد هنا فده معناه إنك محتاج عالآخر، وشكلك ابن ناس ونضيف فأنا مش هزود عليك سعر الحاجة وأنت هتجرب وتشوف الصنف وت.......

ولكن قبل أن يُكمل كلمته قاطعه سيف:

ـفين بيت ياسين سالم؟

قام الشاب من مكانه، وظهرت عليه علامات التوتر، لم يدر سيف لماذا أصابه كل هذا، ولكن قال الشاب سريعًا:

ـأنا هنصحك لوجه الله بلاش السكة دي أخرتها وحشة.

ـواللي أنت بتعمله مش وحش يعني؟

ـأنا ببيع يدوبك بضحك على المغفلين اللي زيك وأديهم المضروب ساعة ساعتين وبيرجع، لكن اللي أنت بتسأل عنه ده مفيهوش رجوع!

ـطب إخلص وقولي مكانه فين؟

ـآخر الشارع العمارة الواقفة لوحدها مفيش حواليها أي حاجة اللهم احفظنا يعني.

ترك سيف الشاب وذهب نحو الاتجاه الذي أخبره عنه، كان سيف يحتقر هذا الفتى، فكر أنه سيأتي في يوم آخر ويقبض عليه، ولكن بعد أن ينتهي من مشواره.

ظل يسير إلى أن سمع صوت صراخ الشاب فجأة:

المنطقة معادش فيها حد هنا كلها بيمشي وبيخاف عقبالك!.

سـار غيـر مُنتبـه إليـه وأكمـل طريقـه وهـو يسبُّه فـي سـره إلـى أن وصـل إلـى المبنـى المشـار إليـه، وقـف أمامـه يتأمـل المـدخل، كـان المنـزل عبـارة عـن طابقيـن كمـا كـان فـي الماضـي، ولكـن هذه المرة كان مهجورًا يبدو عليه الكآبة والطاقة السلبية.

ظـل يتأمـل المـدخل إلـى أن قـرر الـدخول، حيـن صـعد درجـات السـلم انتابـه طاقـة سـلبية هائلـة، كانـت درجـات السـلم تعلوهـا مصـابيح مـن النيـون ينبعـث منهـا الضـوء الخافـت والعـالي، كانت مثل أفلام الرعب.

استمر سيف بالصعود الى أن وصـل للطابق الثـاني، الطابق الأول كـان مهجورًا مـن كـل شـيء، وكـان يعلـم أن ياسـين يقطـن بالطابق الثـاني، ذهـب إلـى بابـه ووقـف أمامـه، أخـذ نفسًـا وأخرجـه قبـل أن يطـرق البـاب، ولكـن بمجـرد طرقـه علـى الباب فُتح وحده!.

ظهـر التـوتر علـى سـيف، كـان ينظـر أمامـه وخلفـه، وفوقـه، وفـي كـل الاتجاهـات، وظـل يـردد آيـات قرآنيـة إلـى أن هـدأ وضـعه واسـتقرت أنفاسـه، وأقنـع نفسـه أن هـذا كلـه تخاريـف، وأن البـاب كـان مفتوحًـا مـن الأسـاس. دخـل سـيف مـن البـاب، وأخذ يتفحص وينظر في الشقة ثم نادى بصوت مسموع:

ياسيييييين.

أتـى صـوت أجـش خافـت مـن الكرسـي الـذي فـي الـركن المُنطفئ من الغرفة.

الرائـد سـيف نـورت منزلـي المتواضـع، عرفتـك مـن وأنـت على الباب ريحتك مميزة طول عمرك يا صديق!

نظـر سـيف إلـى الـركـن الـذي جـاء منـه الصـوت، فأشـار لـه ياسـين بـالجلوس علـى الكرسـي الـذي يواجهـه، ولكـن يبتعـد بمسـافة كافيـة عنـه، جلـس سـيف دون كـلام فبـادره ياسـين بالحديث.

ـأنا كويس الحمد لله إنت إيه أخبارك؟

لم يرد سيف، فتابع ياسين:

ـاه فهمت حاضر.

ضـغط علـى زر بجانبـه فبعـث بالضـوء فـي الشـقة كلـه، ظـل سـيف يلتفـت يمينـه ويسـاره يتبـين ملامـح الشـقة، ولكنـه وجدهـا طبيعيـة تمامًـا لا تـرتبط بالمنطقـة ولا بالشـاب الـذي تحـدَّث ولا بياسـين. تـذكر ثـم نظـر ناحيـة ياسـين فوجـده مكانـه يجلـس علـى كرسـيه ويرتـدي نظـارة الشـمس الخاصـة بـه، وعلـى وجهـه ظهـرت تجاعيـد كِبـر السـن، وسـقط شـعر رأسـه، ونحـف جسده.

ـلسة بتتأمل فيا؟ بس إيه رأيك؟

ـزي مانت ما اتغيرتش.

ـهو مين فينا الأعمى كدة؟

فضـحك ياسـين وابتسـم سـيف ابتسـامة بسـيطة، ثـم تـابع ياسـين قائلًا:

ـاتكلـم يـا صـديقي إيـه اللـي خـلاك تفتكرنـي بعـد كـل السـنين دي؟

ـمش عارف جيت في بالي قولت أجي أشوفك.

ـكـويس، أكيـد مـش صـدفة أنـا عـارف إنـك مـا بتؤمنش بيهم أبـدًا جاي ليه برضه؟

ظهرت الحدة أكثر على صوت ياسين، فعاجله سيف:

ـأشوفك.

ـتشوفني ولا لسة مستنيني أعترف بحاجة ما عملتهاش؟

ـأنت لسه مقتنع برضه؟

ـكل الثقة ولو عندك حاجة اثبتها!

هنـا بـدا الضيـق والحنـق علـى سـيف، وعنـدما قـام مـن مكانـه ليذهب صرخ به ياسين:

ـجاي ليه برضه؟

التفـت سيـف إليـه وأخبـره قـائلًا: فيـه حاجـة حصلـت خلتنـي أفكـر فـي الخرافـات اللـي أنـت عـايش بيهـا فأنـت جيـت فـي بـالي معـرفش إيـه اللـي خلانـي أجـي بـس لمـا شـوفتك اقتنعـت إنهـا خرافات فعلًا.

ضـحك ياسـين، والتفـت عنـه سـيف وذهـب إلـى البـاب، لكـن عاجله ياسين:

ـزي ما أنت يا سيف بتحب تداري الحقايق!

صُعق سـيف واسـتدار مـره أخـرة، واقتـرب مـن ياسين إلـى أن أصبـح علـى بُعـد خطـوة منـه، وقـال: أنـت جبـت الجملـة دي منين؟

ظـل ياسـين مبتسـمًا وصـوت ضـحكته يـزداد أكثـر؛ لـم يتمالـك سـيف نفسـه واسـتدار ثـم خـرج مـن البـاب، وحينمـا أغلـق البـاب توقـف ياسـين عـن الضحـك وأخـذ يمـد يـده علـى كمـود بجانبه ويأخـذ البـرواز الـذي عليـه ويتحسـس بيـده الصـورة، انسـالت دمعة من عينيه وهو يقول:

-عزيزتي سارة وحشتيني.

كانـت الصـورة تحمـل كـلًّا مـن سـيف، وياسـين، وطفلـة صغيرة، وكانوا جميعهم يبتسمون ......

امتُقـع وجـه جمـال حينمـا أنهـى اتصالـه ووصـلت رسـالة محتواهـا أنـه تـم تحويلـه إلـى التحقيـق، وأنـه غالبًـا سـوف يُنقل إلا لو وصل التحقيق لأسوأ من هذا!

الماضي نقطة تَحوُّل

حينمـا أنهـى جلسـته مـع صـديق عمـره وبعـد أن أنهيـا سـهرتهما المعتـادة كـل نهايـة أسـبوع، خـرج سـيف مـن عنـد صديقه ياسـين وهـو لا يحتمـل الوقـوف علـى قدميـه مـن كثـرة الضحـك، ودَّع سـيف صـديقه ياسـين وأخبـره أن السـهره القادمـة سـتكون عنـده فـي البيـت؛ حيـث سـتكون زوجتـه بالخـارج هـي ووليـد عنـد جدتهم.

بعـد أن ذهـب سـيف، بـدأ ياسـين فـي التحضـير لعملـه الخـاص الـذي لا يُخبـر عنـه أحـد وعـن الهبـة التـي يسـتمتع بهـا ويعمـل بهـا فـي الخفـاء، مـا إن دقـت السـاعة الثانيـة عشـرة مسـاءً حتـى وضـع محتويـات عملـه فـي الحقيبـة لـوح الويجـا، المـرآة، والشمعة وبدأ يتجه نحو عمله...

في الطريـق كـان ياسـين يُفكـر فـي حياتـه المُنقسـمة إلـى جـزئين: جـزء خفـي لا يعلـم احـد عنـه شـيئًا وهـو الجـزء الليلـي، وجـزء صباحي يعلمه العالم كله وهو المحامي المحترم القدير.

مـد يـده فـي الحقيبـة التـي بجانبـه وأخـذ ينظـر للعنـوان الـذي مـن المفتـرض أن يـذهب إليـه، حينمـا انتهـى مـن قـراءة العنـوان نظـر أمامـه عبـر زجـاج السـيارة؛ فـإذا بـه يجـد امـرأة تلـوح لـه فـي الأفـق، كانـت سـرعته عاليـة فتفاداهـا بأعجوبـة، ثـم ضغـط علـى مكـابح الفرامـل؛ فأصـدرت العجـلات صوتًا قويًّـا دلَّ على احتكاكها مع الأرض.

نظـر ياسـين فـي المـرآة الأماميـة، فوجـدها لا تـزال تلـوح لـه بيـديها الاثنتـين؛ فرجـع بالسـيارة إلـى الخلـف وعـاد إليهـا، عنـدما اقتـرب منهـا وجـد وجههـا مُلطَّخًـا بالـدماء، وهـذا مـا لـم يلحظه من قبل، ورآها تردد:

ـ بنتـي تحـت، عملنـا حادثـة ومحـدش عـايش غيرهـا هـي تحـت، العربيـة انحرفـت منـي وخرجـت عـن الحـاجز، والعربيـة وقعت مع الجرف تحت.

ـ حاضر حاضر، خليكي هنا وانا هجيبها.

اقتـرب ياسـين مـن الجـرف وألقـى نظـرة؛ فوجـد فعـلًا أن السـيارة موجـودة بالأسـفل، كـان الجـرف بسـيطًا فقـام بتخطـي الحـاجز ونـزل بكـل حـذر إلـى أن وصـل الـى السـيارة، قـام بـالنظر أول شـيء علـى المقاعـد الخلفيـة؛ فوجـد الفتـاة مُقَيَّـدة بالكرسـي الخـاص بالأطفـال، قـام بكسـر الزجـاج وأخـرج الطفلة، وتأكد من أنها لا تزال حيَّة فعلًا كما أخبرته المرأة.

أخـذ الفتـاة وكـان يهـم بالخـروج، لكنـه صُـعق مكانـه حـين لمـح فـي المـرآة الجانبيـة للسـيارة امـرأة كـان رأسـها مُلْقـى علـى

عجلة القيادة، وكان وجهها مُلطَّخًا بالدماء؛ لأنها كانت المرأة نفسها التي وجدها على الجرف، وكانت تخبره بأن ينقذ ابنتها، تفقد إشاراتها الحيوية؛ حيث وجدها قد فارقت الحياة!.

صعد إلى الأعلى، كان الصعود صعبًا وهو يحمل الفتاة على كتفه إلى أن وصل إلى سيارته، ثم وضع الفتاة بها وانطلق.

الدم تجمد في أطرافه؛ فأصبح يحرك نفسه بصعوبة، هو يعمل في الماورئيات لكن لم تتعدَّ قدرته لوح الويجا؛ لذلك شعر بالتوتر والخوف، نظر في المرآة التي تعكس الرؤية الخلفية، فإذا به يجد المرأة وهي واقفة عند الجرف، وتلوح له بيديها علامة الوداع وفي هذه اللحظة أدرك ياسين معنى جملة:

بنتي تحت عملنا حادثة ومحدش عايش غيرها.

الغد

لستُ الضعيف، الخصم كان صديقي

كانت هذه الجملة وصفًا دقيقًا لماضي ياسين وليس سيف.

في الصباح الباكر بعد ليلة طويلة لم تذق فيها عينا ياسين النوم، لم يقدر على النوم بعد الزيارة المفاجئة، ظل يفكر كثيرًا عن سبب قدوم سيف غير المتوقع بعد كل هذه السنوات، مجيء سيف البارحة لم يكن سهلًا على ياسين؛ لقد كان كضربة على الرأس ولكن ضربة قوية، لقد تذكر ياسين الماضي كله؛ ماضٍ حاول أن يدفنه وأيضًا حاول أن يسترجع بعض اللحظات منه، ولكن السعيدة.. اللحظات السعيدة فقط!

كــان ياســين يســتعد للخـروج كالعــادة لمكانـه المعتــاد، كـان يرتــدي ملابســه المرموقــة، ونظارتــه الشمســية، والعصــا التــي يتكـئ عليهـا، إذا نظرت لـه لـن تقـدر أن تصـدق كـل مـا يُقال عنـه مـن تخاريـف وشعوذة، لقـد ذيـع صيته فـي المنطقة مـن سمعة ســيئة؛ لـذا فـرَّ كـلُّ مـن بالمكـان لخـوفهم منـه ومـن شـرِّه، لـم يفهمـوا قـط، ولكـنهم يعتقـدون أنـه شـر، وهـو تـركهم وتـرك ظنونهم.

ياســين عبـارة عـن شخصـين اثنـين: شـخص فـي الصبـاح، وآخـر فـي المسـاء، ولكـن كـل هـذا قبـل الحادثـة وقبـل أن يعتـزل شخصـية المسـاء التـي كـان ثمنهـا غاليًـا جـدًّا ،ثمنهـا كـان الضـوء، ثمنها كان عينيه.

مـن المكـان نفسـه اسـتقل السـيارة التـي كانـت بانتظـاره، كانـت سـيارة بسـيطة يقودهـا شـاب فـي مُقتبـل العمـر، كـان يعمـل لـدى ياسـين علـى مهمـة واحـدة يوميـة بمقابـل بسـيط، وهـي إيصالـه إلـى وجهتـه ثـم منزلـه، ويأخـذ مقابلًا ماديًـا جيدًا، لـم يكـن يعـرف الفتـى ياسـين ولا قصتـه، ولـم يكـن يريـد أيضًـا أن يعـرف شـيئًا؛ كـل مـا كـان يريـد معرفتـه هـو المـال فقـط؛ لـذلك لـم يهتم الفتى ولهذا فضَّله ياسين.

ظـل ياسـين يفكـر فـي شـيء واحـد علـى مـدار الطريـق، وهـي جملـةطول عمـرك بتحـب تخبـي الحقـايق يـا سـيف، وسـبب عنـف وتحـول سـيف حـين اسـتمع لهـا، لقـد كـان سـيف دائمًـا مـا يُخفـي الحقـائق لنفسـه ولمصـلحته، ولكـن لِـمَ هـذه المـرة تحـوَّل سـيف هكـذا حـين صـار حـه؟ ولِـمَ زاره مـن البدايـة؟ لقـد طـوى سـيف قصـة صديقـه بعـد الحادثـة وتتابعاتهـا، إذن مـا سـبب هـذه الزيارة العجيبة؟.

قُطع حبل أفكاره عندما أخبره السائق:

وصلنا يا معلم.

فتح ياسين الباب وترجل من السيارة، وقال السائق:

في نفس معادنا ما تتأخرش، سلام امعلم.

اتكأ ياسين على عصاه، ومن ثَمَّ عدَّ الخطوات وفتح الباب وسار باتجاه طاولته التي اعتاد الجلوس عليها، جلس ياسين ثم أتى الجرسون دون حركة أو التحدث بكلمة، ووضع المشروب الخاص به، والذي كان عبارة عن ليمون ونعناع، شكر ياسين الفتى كعادة كل يوم وردَّ الفتى الشكر وانتهى الموقف.

حين امتدت يد ياسين ليأخذ العصير كان الكرسي الذي أمامه قد سُحب للخلف، وظهرت رائحة عطر نسائي مميز من نوع

Little black dress.

ومن ثم رجع الكرسي للأمام مرة أخرى، وبدأ صوت أنثوي بالتحدث:

مش هطول النهاردة عشان هتأخر على الجلسة.

لم يفهم ياسين من هذه وما هذا وما هي الجلسة، وتابعت الفتاة:

أنا لسه زي ما أنا ماتحسنتش، حالتي بتتحول للأسوا أكتر، أنا حاسة إن هما اللي بيأذوني مش موضوع عادي، مبقتش بثق في حد الصراحة من ساعة موت بابا وأنا بعاني ماأعتقدش إن الأمر له علاقة بحاجة غير موت بابا.

ظهرت علامات الدهشة على ياسين و همَّ بإخبارها:

ـسيدتي أعتقد أنك غلطتي في المكان أو الشخص.

ولكن تابعت الفتاة دون اكتراث:

أنـا همشـي دلوقـت عشـان اتـأخرت وعشـان ألحـق، لعل أتحسـن في المستقبل!.

همَّت الفتاه بالخروج من مكانها، ولكنها قبل أن تخرج قالت:

ـوقبـل مــا أمشـي عصـير البطـيخ مـش حلـو مـا اعرفش إنـت بتحبه إزاي!

ورحلـت الفتـاة ومعهـا رحـل عقـل ياسـين، لا يـدري مـا كـل هـذا السـراب ولكـن سـرعان مـا نـادى علـى الجرسـون وصـرخ بوجهه:

ـبقالي كتير باجي وما غيرتش طلبي إيه اللي خلاك تغيره؟

نظر الفتى للكوب باستغراب وقال له:

يـا فنـدم حضـرتك كـل يـوم بتشـرب ليمـون بالنعنـاع والنهـاردة جبتهولك إيه المشكلة؟

ـده مش ليمون ده بطيخ.

ـبطيخ إزاي يا فندم دوقه طيب؟

رفـع ياسـين الكـوب علـى فمـه واسـتطعم العصـير؛ فوجـده عصـير ليمـون بالفعـل، لـم يـدر ياسـين فـي هـذه الحالـة مـاذا يفعـل، لقـد أصـابه الحـرج بسـبب هـذه الفتـاة التـي لا يعلمهـا، ولماذا صدقها من الأساس؟

وضع النقود على الطاولة مع بقشيش للفتى، واعتذر وغادر مسرعًا قبل حتى معاده مع السائق، لا يدري إلى أين يذهب، فكل ما كان يهمه هو المغادرة فقط.

كان سيف يجلس في مكتبه على كرسيه بكوب قهوته رقم خمسة وهو يفكر بأحداث البارحة حينما ذهب إلى ياسين في زيارة غير متوقعة ولا يدري سببها، وخرج من عنده مُثقلًا أكثر بالتفكير والهموم؛ لذلك لم يعد إلى بيته، بل ذهب إلى مكتبه وفضَّل البقاء هناك؛ حتى لا يزعج زوجته وابنه.

ظل يفكر في جملة أنت دائمًا بتحب تخبي الحقايق، وتذكر أشياءً من الماضي، وللحظة اعتقد أن كل هذا ربما يكون بتدبير من ياسين، كل هذه التخاريف من ياسين وليست بسبب جريمة، لم يكن مقتنعًا بهذا في البداية، ولكنه فضله سببًا لمشاكله أفضل من سبب الأشباح والخرافات؛ ولذلك قرر استدعاء الفتى الذي كلمه البارحة في منطقة ياسين، ووكله بمهمة مراقبة ياسين وإخباره بأي شيء غريب يحدث أو قد حدث من قبل، لقد ارتعب الفتى الذي يُسمى سلطان في البداية حين علم أن سيف ضابط شرطة، وكان يريد أن يبيع له المخدرات، ولكن سيف لم يهتم بهذا مطلقًا، وأخبره أنه سيعفو عنه مقابل هذه الخدمة؛ لذلك وافق سلطان بالعمل.

ظن سيف أنه قد تخلص من صداع الرأس جمال حين اتصل بمعارفه وأخبرهم أنه نُقل؛ لأنه يثير أحداث القضية لطرق غير مرغوبة، ويُخالف التعليمات.

حين غفلت عَينا سيف لدقائق معدودة رنَّ هاتفه؛ مما أثار الحقن والذعر لدى سيف؛ فهو لم ينم منذ يومين؛ لذا قرر سبَّ المتصل أولًا ثم الرد عليه، حين قام بالرد عليه لم يسمع

أي صوت سوى صوت حشرجة قادم من التليفون، ومن ثم قال: محدش بيموت جوة البيت ده موته طبيعية البيت ده لعنة!.

هَبَّ سيف من مجلسه وهو يصرخ في الهاتف:

ـمين معايا؟

تبعه بعدها بالشتم والسب، ولكن دون رد من الطرف الآخر. لم يدر سيف ماذا يفعل في هذه الأثناء، ظل يضرب بيديه على المكتب ضربًا قويًّا حتى دخل عليه العسكري عبدالصمد وقال له:

ـفي حاجة يا باشا ولا إيه؟

ـخد التليفون ده ووديه لقسم الاتصالات واعرفلي آخر مكالمة دي جت منين.

ـده تليفونك يا باشا.

ـمانا عارف إنه الزفت اتحرك واخلص.

ذهب مسرعًا، وظل سيف يلتقط أنفاسه بصعوبة بالغة، وازدادت عيناه احمرارًا، جلس على الكرسي وبدأ يلتقط أنفاسه بهدوء، لا يدري ما هذا أهي لعبة؟ ومن يفعل هذا؟ هل حقًّا ياسين من يفعل كل هذا؟ تبًّا ما هذا الذي يُصيبه؟

لم يقدر على حبس دموعه؛ لذلك نزلت دمعة من عينه، فذهب مسرعًا إلى الحمام حتى يغسل وجهه، حين رفع وجهه للمرآة وجد تلك المرأة اللعينة، ولكن هذه المرة كان شكلها أقل رعبًا، وكانت تبتسم ابتسامه عادية، ظل سيف

واقفًا أمام المـرآة يُحـدِّق لا يـدري أهـذا واقـع أم بسـبب قلـه النـوم، وأثنـاء اسـتيعابه للموضـوع مالـت الفتـاة برأسـها قليـلًا، ومـن ثـمَّ رفعـت يـديها وأشـارت إلـى بنطالـه.وتحديـدًا إلـى الجَيـب.نظـر سـيف مكـان يـدها ومـدَّ يـده فوجـد الرسالة، كانـت صـاعقة لسـيف!! لا يـدري كيـف جـاءت الورقـة إلـى هنـا كيـف؟ كيـف؟ هـو متأكـد أنـه تركهـا فـي المنـزل، وحيـن كـان يُخاطـب نفسـه سـمع صوتًـا يـأتي مـن خلفـه؛ ممـا أثـار فزعـه، وأخبـره أنهـم وجـدوا المكـان، لكـن سـيف لـم يُركـز؛ حيـث كـان فـي عالـم آخـر، كررهـا العسـكري علـى مسـامعه كثيـرًا، ولكـن سـيف لـم يهتم وقال:

- بص في المرايه كدة!

- في إيه يا باشا؟

- بص بس.

- مفيش حاجة.

- متأكد؟

- اه يا باشا أو لا فيه!

هنـا شـعر سـيف بشـعور مخـتلط بـين فـرح وحـزن فـي الوقـت ذاتـه، ومن ثـمّ تابع العسكري:

- في اتنين مني يا باشا واتنين منك في الأوضة.

نظـر لـه سـيف وقـام بسـبه فـي سـره، وأخـذ منـه الورقـة وأخفـى الرسالة في جيبه مرة أخرى ثم تركه وذهب.

حـين خـرج مـن المخفـر فتـح العنـوان المكتـوب فـي الورقـة، وكانـت المفاجـأة أن المكـان يبعـد عشـر خطـوات مـن بـاب المخفر.

حـين ذهـب إليـه وجـد تليفونًـا عموميًـا أمـام القسـم، سـحب سـيف سـماعة الهـاتف دون أن يـدري لمـاذا يفعـل هـذا، وضـعها فـي مكانها مرة أخرى، ثم قال في سره:

ـ أنا بيتم التلاعب بيا وأنا هتصرف!

ومـن ثُـمَّ أخـرج الرسـالة مـن جيبـه ونظـر لهـا طـويلًا دون أن يرمش له جفن!!!!!

هل هو أنت ؟

وكعـادة ضبـاط الشـرطة أول مـا قـام بـه سـيف هـو فحـص البصمـات والكاميـرات؛ لكنـه لـم يحصـل علـى أي شـيء يثيـر الريبـة أو الشـكوك، لقـد حصـل علـى أكثـر مـن مائـة بصمـة، وربمـا يكـون المتصـل كـان يرتـدي قفـازًا ولا واحـدة مـن هـذه البصمـات تخصـه؛ فربمـا كـان المتصـل يرتـدي قفـازًا. الكاميـرات لـم تُظهـر شيئًـا؛ ففـي هـذه السـاعة يكـون الشـارع مزدحمًـا، مـن فعـل هـذا يدرك تمامًـا مـاذا يفعـل ومتـى فعـل، كـل شيء مدروس وبخطة.

قفـز إلـى عقـل سـيف مـرة أخـرى فكـرة أن يكـون ياسـين هـو المدبر لكـل هـذا، فهـو حقًـا مـن يريـد أن يـراه هكـذا بعـد مـا سـبب سـيف لـه مـن ألـم، وأيضًـا مـا أكـد الفكـرة فـي عقـل سـيف هـو شـعوذة ياسين ومعرفتـه بشخصيتـه التـي كـان يُخفيهـا عـن النـاس، وهـي شخصيـة الروحانـي القـذرة التـي تـدعي اتصالـه بعـوالم أخـرى مقابـل أمـوال وهـذه التفاهـات؛ فربمـا اسـتعان بأحـد أصدقائـه السـفليين تحديـدًا فـي هـذه القضيـة حتـى يعكـر

صفو مزاج سيف بالترقية، وهذه الترقية كانت كل ما يجتاح عقل سيف منذ زمن.

بعد الانتهاء من تفريغ الكاميرات والبصمات، أخذ يرسخ الفكرة واتصل بمخبره الجديد سلطان ليستطلع أحوال ياسين، فأخبره أنه ذهب إلى كافيه بعيد عن منزله، ثم خرج من الكافيه كالمجنون واتجه إلى المقابر وجلس بها قرابة ساعتين، وبعدها ذهب إلى منزله.

أنهى سيف المكالمة وخرج من مكتبه وانطلق سريعًا لا ندري إلى أين، ولكن من المرجح أنه قد يكون اتجه إلى منزل ياسين.

كان ياسين كالمجنون حينما خرج من الكافيه، كانت هذه اللحظة التي يتمنى فيها أن يرى ابنته ولو لمدة قليلة جدًا من الزمن، كان يعرف جيدًا أنه لا يوجد شيء صدفة، وربما هذه الفتاة لم تكن صدفة، كان يريد أن يلحق بها ولكنه لم يقدر؛ لذلك قرر أن يفعل الشيء الذي يفضله دائمًا عندما يجد نفسه مضطربًا ومهزوزًا، قرر الذهاب إلى ابنته في بيتها والجلوس معاها قليلًا.

حينما وصل إلى المقابر كانت الساعات القليلة من النهار قُربت على الانصرام، كان أعمى البصر ولكنه ليس أعمى القلب، كان يربطه بابنته التي ليست من صُلبه رابط وهو القلب؛ لذلك كان يعرف دائمًا طريقها بقلبه، حينما وصل إلى القبر جلس على الأرض وظل يبكي وينوح لمدة من الزمن دون أن ينبس بكلمة واحدة، ثم هدأ جسده واستكان وغط في نوم عميق.

بعد ساعتين استفاق ياسين، وتظهر على وجهه ابتسامة بسيطة؛ لربما رأى ابنته في الحلم مثل كل مرة أو ربما قد

شـعر بالراحـة؛ لأن اليـوم هـو عيـد ميـلاد ابنتـه، قـام مـن مجلسـه ونفـض الغبـار عـن ملابسـه ومـن ثـمَّ ذهـب وهـو مُتّكـئ على عصاه إلى منزله وعلى ثغره ابتسامة تقول فلنحتفل.

حينمـا دلـف إلـى المنـزل وأحضـر معـه كعكـة وشـموع، وضـع صـورة ابنتـه بجانبـه وبـدأ فـي الغنـاء بصوتـه الأجـش، سـمع صـوت طرقـات قويـة علـى البـاب، اسـتعجب ياسـين لأن لا احـد يـزوره فـي منزلـه منـذ سـنوات عديـدة وقبلهـا بيـوم زاره سيف فقط، فتُرى من يكون؟

قـام ياسـين مـن مجلسـه وهـمّ بفتـح البـاب، وحيـن فتـح البـاب اسـتقبل ياسـين لكمـة علـى وجهـه أفقدتـه وعيـه وسـقط علـى الأرض.

اسـتفاق ياسـين وسـط تصـفيق حـاد مـن سـيف، ووجـد نفسـه مُكبَّلًا بالحبال، وقال سيف:

ـ بـراڤـو تخطـيط وتنفيـذ، كـل حاجـة اتعملـت بدقـة واحتر افيـة براڤو بجد براڤو.

لـم يـرد ياسـين، اكتفـى فقـط بتحريـك رأسـه إلـى أن يسـترد وعيـه كاملًا.

ـ خطـة مُحكمـة وعجبتنـي، بتحـرك عفاريتـك بـوهم عشـان تضـحك عليـا أو عشـان تنكـد عليـا، وأنـا اكتـر حاجـة مسـتنيها فـي الـدنيا قربـت أوصـلها، بـراڤـو يـا ياسـين بـس كـل مـرة بتنسـى إني أذكى منك وأن لكل مجرم خيط بيفضحه!

لـم يفهـم ياسـين عمـا يتحـدث سـيف، ولكنـه قـرر أن يسـايره لعلـه يفهمه.

- هو إيه الخيط اللي فضحني؟

- جملتك اللي قولتها لما كنت عندك ليه دايمًا بخبي الحقايق

- المرادي اتقبّلت الأمر أخيرًا إن فعلًا أنت بتعمل كدة!

اشـتد غـيظ سيف، واستمتع ياسين كثيـرًا كلمـا رآه يشـتد غيظـًا على الرغم من أنه لا يدري عما يتكلم سيف.

- صـح أنـت عنـدك حـق، أنـا فعلًا بخبـي الحقايق بـس على الأقـل بحـافظ علـى أسـرتى، بحـافظ علـى مهنتي، بحـافظ علـى الترقية بتاعتي وخاصةً بعرف احافظ على ابني.

ضـحك سـيف ضـحكة سـمجة بينمـا ظـل ياسـين علـى كرسـيه، بدت عليه علامات الصدمة من الجملة الأخيرة، ثم قال:

مـش هتوصـل للـي أنـت عـايزه وهتعيـش وتمـوت وحيـد وكـل اللـي حواليـك بيمثلـوا حـبهم ليـك عشـان مفـروض علـيهم لكـن مش عشان بيحبوك.

أنا وصـلت خـلاص وصـلت لكـل حاجـة أنـا عايز هـا وكشـفتك ووقفتـك وده أهـم حاجـة، كـان بـودي أقـبض عليـك بـس مفيـش دليـل واحـد يثبـت حاجـة علـى خرافاتـك وعفاريتـك اللـي بتزاولنـي بيـهم بـس هنـا بتخلص الحكايـة المجنونـة دي، وأنـت خسـرت وأنـا كسبت حتـى لـو مـا اعتـرفتش بـاللي انـت عملتـه زمان بس أنا كسبت برضه ووصلت للي أنا عايزه.

- بيتهيألك.

ـ شـوف مـين فينـا الأغلـى حـد لسـه عنـده عـايش و هتعـرف، شـوف مـين فينـا اللي عـرف يحـافظ علـى حاجتـه و هتعـرف مـين اللي كسب.

بـدأ ياسـين فـي البكـاء و الصـراخ، ثـم التفت إلـى صـورة ابنتـه وظل يردد:

ـ سامحيني يا سارة، سامحيني يا عزيزتي أنا آسف.

ظـل ياسـين يصـرخ ويـردد كلمـات الاعتـذار، بينمـا غـادر سـيف البيـت و هـو علـى وجهـه ابتسامة المنتصـر وفـي عقلـه لا يـزال يوجد حل واحد للتخلص من كل هذا، ولكن سينفذه في وقته.

الماضي

منـذ عثـوره علـى الفتـاة وحياتـه تغيَّـرت، لقـد وجـد رغبـة دفينـة بداخلـه فـي الاحتفـاظ بهـا، ولكنـه كـان ينتابـه القلـق والزعـر، ظـل كـل يـوم ولمـدة أسبوع يشتري جميـع جرائـد الحـوادث، ويبحـث دون ملـل عـن الحادثـة أو أي شـيء يخصهـا، ولكنـه لـم يجـد أي شـيء، كانـت الحادثـة بالنسبة لـه غيـر طبيعيـة، وهـذه السـيدة ليسـت طبيعيـة وهـو يـؤمن أن لكـل شـيء سـببًا ولكـل سـبب نتيجـة؛ ونتيجـة هـذا السـبب ظهـرت لديـه رغبـة دفينـة بالاحتفـاظ بالفتـاة. انتظـر فتـرة حتـى تهـدأ الأوضـاع، ومـن ثَـمّ أخبـر سـيف بالحكايـة كلهـا، لـم يقتنـع سـيف فـي البدايـة كعادتـه بموضـوع السـيدة الخفيـة، ولكنـه سـاهم فـي البحـث عـن السـيارة المُلقـاة أسـفل المنحـدر، وحينمـا لـم يتوصـل لشـيء وافـق علـى فكـرة احتفـاظ ياسـين بالطفلـة فـي ظـل عـدم وجـود أهـل لهـا غيـره لحين ظهور أحد من عائلتها الحقيقيين أو أي أحد يسأل عنها.

علـى مـدار السـنوات الأولـى كانـت الحيـاة هادئـة تمامًـا، كـان ياسـين قـد وجـد ضـالته أخيـرًا التـي كـان يحتاجهـا، ولكنـه لـم يكـن

يعرف أن هذه الفتاة هي من ستعطي لحياته طعمًا، ولقد أسماها سارة؛ لأنه كان يراها كالأميرة فقرر تسميتها سارة.

كانت سارة ذكية جدًّا في الدراسة إلى جانب موهبتها في الرسم، ظلت حياتهم مليئة بالسعادة والقبول إلى أن وصلت سارة لسن العشر سنوات!

كان ياسين إلى جانب اعتنائه بسارة يزاول مهنته الليلية بإتقان وعلى أكمل وجه، وذيعت سيرته خلال السنوات الماضية إلى أن جاء اليوم المشؤوم، كان لدى ياسين صفقة من النوع الثقيل، كان هناك أفراد أسرة يتسارعون على الميراث، والدهم قد مات ولم يخبرهم بالمكان الذي وضع فيه ماله، كانوا يريدون أن يعرفوا المكان ووضعوا سعرًا عاليًا جدًّا؛ مما لم يعط ياسين أى فرصة للرفض.

أثناء ذهابه اتصلت به المُربية وأخبرته أنها لن تستطيع أن تأتي لتعتني بسارة اليوم لأن زوجها مريض؛ شعر ياسين بالضيق كثيرًا ولم يدرِ ماذا يفعل. بعد عناء تفكير قرر أنه سيأخذ الفتاة معه دون أن يُقحمها في أي أمر، لن تعرف حتى ماذا يفعل هو، ظل ياسين متمسكًا بالصفقة إلى أكبر حد؛ فهذه المرة بكل المرات.

حين وصل إلى المنزل وأحضر الأدوات اللازمة لهذا التحضير دخل واستقبله الأهل بسرور، كان كالمنقذ الذي ظهر من العدم، دخل إلى الغرفة وظلت سارة تجلس بالخارج مع سيدة عجوز لا تتحدث، لا تدري سارة ماذا يفعل ياسين بالداخل، ولكنها كانت هادئة هدوء الأطفال المُسالمة، كان ياسين في الداخل قد بدأ بالفعل بتحضير روح المتوفى بلوح الويجا الخاص به، وفي غضون عشر دقائق غاب ياسين عن الوعى، ومن ثَمَّ رجع كالعادة، وحين عاد

للــوعي ســعل وطلــب المــاء، كــان الــذهول علــى وجــه الجالسـين مــن أبنــاء المتــوفى كلهــم؛ فقــد ظهــرت روح المتــوفى بــداخل جسد ياسين واخبرتهم على مكان المال.

ـ أعتقد أنا أديت غرضي وعرفتم المكان.

ـ أكيد أكيد.

قــاموا بــإخراج حقيبــة كبيــرة كانــت تعــج بــالأموال، التقطهــا ياسـين وخـرج مـن البـاب ووجـد سـارة هادئـة جالسـة مكانهـا وعلى وجهها ابتسامة بريئة، قام بتقبيلها فبادرته سارة:

ـ كنت بتعمل إيه جوا يا بابا؟

ولكن قبل أن يجيب أو ينطق باغتته السيدة العجوز:

ـ جهنم هي مصيرك.

صُعق ياسـين ثـم التفـت إليهـا، كانـت سـيدة كبيـرة فـي السـن، وهي والدة المتوفى على ما يعتقد ثم قال ياسين:

ـ قولتي إيه؟

ـ جهـنم هـي مصـيرك، موهبتـك مـن المفتـرض تُسـتخدم فـي الخير ومساعدة الناس مش في الشر وجمع الأموال.

ظل ياسين ساكنًا لا يرد، ثم تابعت السيدة وقالت:

ـ قريب هتخسر أعز ما تملك جزاء اللي بتعمله.

ظـل ياسـين واقفًـا لا يقـدر علـى الكـلام أو فعـل أى شـيء، كانـت السـيدة غليظـة جـدًا معـه، ولكنـه أخـذ سـارة بيـد وحقيبـة الأمـوال باليد الأخرى وانطلق.

على طول الطريق لا يقدر على فعل أي شيء سوى التفكير في كلام السيدة، لقد حركت بداخله أشياء لا يعلمها ربما ما تحرّك هو الذي يقولون عنه الضمير هذا.

نامت سارة بجانبه بينما هو تابع القيادة دون تركيز كامل، لكن لا يمكن أن يظل الأمر هادئًا هكذا!.

سمع ياسين من خلفه سيارة ظلت تصدر صوت البوق الخاص بها، وتصدر أضواءً من الكشافات، ثم قامت بصدم سيارته من الخلف، لم يدر ياسين من هؤلاء ولا ماذا يفعلون، ولكنه تابع القيادة، وبعدها ظهرت السيارة مرة أخرى، ولكن هذه المرة بجانبه وليس خلفه، و استطاع ياسين أن يتبين ملامحهم، كانت سيارة بها رجلين وفتاتين . هنا علم ياسين أنهم في عالم آخر من السُكر ،قاموا بالإشارة له مرات كثيرة بحركات إباحية لكنه لم يكترث؛ حيث كان كل همه أن يخرج من المأزق. ثم مرة واحدة قام السائق بصدم سيارة ياسين، لم يرَ ياسين المنحضر أمامه ولم يقدر على السيطرة على السيارة؛ ومن ثم سقطت السيارة من أعلى المنحضر تتدحرج إلى أن وصلت إلى القاع.

اليوم المرتقب

وقتنا الحالي.

وقف أمام المرآة يعيد ضبط ياقة قميصه للمرة الألف، كان كالمتأنق في ليلة حفلته، ظل يُغيّر وجهه وشكل ابتساماته مرات عدة؛ حتى تتناسب مع المناسبة التي سيواجهها بعد قليل. إنَّه اليوم المرتقب الذي طال انتظاره، قام بشراء حلة من نوع توكسيدو من الطراز الأول وحلة أخرى لابنه وفستان فاخر لزوجته، كانت مناسبة خاصة من نوع مميز؛

إنه اليوم الذي طال انتظاره وقد جاء الآن، وقف أمام المرآة إلى أن وجد الوضعية المريحة التي تتناسب مع اليوم، ظل يردد على مسامع زوجته وابنه أكثر من مليون مرة اليوم يوم الترقية، إنه يوم تغيير حالنا من الأفضل إلى الأفضل منه، كانت زوجته تشجعه على هذا وابنه لم يكترث لأي من هذا. حينما جهز أخيرًا بعد ساعتين أمام المرآة تذكر شيئًا؛ فرفع هاتفه وبعث رسالة نصية لسلطان مفادها أن:

- متنساش أنت الخسران!

ومن ثم أغلق الهاتف وانطلق هو وعائلته.

عندما وصل إلى مكان الحفل كانت ابتسامته تملأ ثغره من شدة الدهشة، خلال تمعنه في المكان وجد رُتبًا كثيرة، ولواءات كثيرة آتية لتبارك له ولتشهد عليه، كان الحفل من أفخم ما يكون ويخطف الأنظار؛ مما زاد لديه الشعور بالعظمة والتفاخر، كان كالعريس في فرحه من شدة التوهج، ظل يتنقل مع أسرته بين اللواءات والرُتَب، ويرحب بهم ويُعرفهم على عائلته.

كانت الدنيا كالجنة بالنسبة له إلى أن لمح في طرف القاعة رجلًا كبيرًا يجلس، تبدو عليه الهيبة والوقار، ومُحاطًا برجال من نوع البودي جاردات، ترك سيف عائلته وذهب له، كانت ابتسامة سيف في هذه اللحظة قد بهتت قليلًا لم يتوقع ذلك؛ لأن هذا الرجل يُذَكِّره بماضٍ لا يريد أن يتذكره ، ماضٍ قرر أن ينهيه اليوم! وقبل أن يصل إليه قال الرجل:

- مبروك يا سيف باشا.

- البركة في حضرتك يا سيادة اللواء مختار.

ـ كان نفسي أقولك كانت صعبة بس أنا متابع من زمان.

شعر سيف بالحرج وقال:

ـ الحمد لله يا فندم.

لو كنت عرفت أو اتأكدت مين السبب في موت ابني كنت خليتك في حتة تانية، كان زمانك واخد أعلى رتبة وأنت سنك لسه مجابش الأربعين لو كنت تحب، بس أنا عايز اقولك يا سيف دم ابني مش هيتساب وكل اللي شارك في موته هيموت.

نظر له سيف بشعور غضب ممزوج بالتوتر، وقال:

ـ ابنك مات بحادثة محدش مسؤول عنها.

نظر له اللواء بغضب وقال: كله بيظهر يا سيف كله بيظهر.

بدأ صوت المايك يُنادي على اسم سيف للصعود على المسرح، وشرع الناس بالتصفيق؛ انتهز سيف الفرصة وودع اللواء وانتقل سريعًا إلى المسرح للتكريم، عادت الابتسامة مرة ثانية على وجهه أثناء مراسم التكريم، ولكن لم تدم الابتسامة حين لمح شر أعماله تجلس بجانب زوجته وابنه وتضحك ضحكة شيطانية، ابتلع الضابط سيف ريقه بصعوبة ومن ثمَّ داری توتره وقرأ القرآن وأغلق عينيه، وحين فتحها وجدها قد ذهبت.

ظل واقفًا شاردًا إلى أن قاطعه الضابط الآخر بأن يتوجه لیُلقي الخطاب على الجالسين، أمضی سيف ليلة أمس بتجهيز ورقة يعيدها أكثر من مرة حتى يصل إلى الخطاب المميز، قام بفتح الورق الذي لديه، وإذا به يشهق شهقة ترج

صوت المايكروفون، شهقة يسمعها جميع الجالسين ويقوم معها بالرجوع خطوة إلى الخلف. وقف الجميع بما فيهم زوجته، حاول سيف احتواء الأمر فضحك وأخبرهم أنه يمزح، ويحاول تهدئة الأجواء الرسمية، فجلس الجميع وضحكوا الدعابته المملة الساذجة، وحين نظر أمامه مرة أخرى وجد الرسالة التي كان دائمًا يخفيها لا يدري كيف جاءت إلى هنا، لكنه أقنع نفسه أنها جاءت بالخطأ.

أكمل القراءة وأنهى الخطاب وسط تصفيق حار، نظر تجاه باب الخروج، كانت تقف تلك الملعونة وتميل برأسها ناحية اليمين واليسار بعلامة النفي، ومن ثمَّ تخرج من الباب.

انتهت مراسم الحفل وبدأ الناس بتوديع سيف، ومن ثمّ جاءته مكالمة هاتفية؛ جعلته يستأذن من زوجته ويبتعد عنها ويجيب:

سمع صوت بكاء ونحيب كبير ومن ثم:

ـأنا نفذت طلبك ابعد عني.

ـالله ينور يا سلطان طير في سلام.

أغلق سيف الخط وظل يردد:

الآن بداية الحياة الجديدة بدون ضغط أو ألم أو ماضٍ

لقد مرَّ أسبوع على زيارة سيف الأخيرة، أسبوع تدهورت فيه صحة ياسين كثيرًا، يجلس على كرسيه نفسه، يبكي ويحتضن صورة ابنته، لقد ذكَّره سيف بالماضي الذي لم يكن رحيمًا به، ظل يؤنب نفسه وضميره على ما حدث منذ سنوات، ظل يبكي ويبكي ويبكي وينحب كثيرًا.

وفـي يـوم اتصـل بـه سـائقه وأخبـره أنـه بحاجـة للمـال، واقتـرح عليـه أن يوصلـه إلـى مكانـه المفضـل، وافـق ياسـين مـن أجـل الفتـى لا مـن أجـل نفسـه، تـأنق ولبـس بدلتـه التـي يظهـر فيهـا نحيفًا أكثر مما كان في الماضي.

نـزل ياسـين وانطلـق بسـائقه الـذي فـرح بـه كثيـرًا، وقـام بإيصاله إلى مكانه المعتاد.

لـم يخـرج مـن منزلـه لمـدة أسـبوع، واليـوم كـان بالنسـبة لـه كيـوم الخـروج مـن السـجن، نـزل مـن السـيارة وأخبـر السـائق بمعـاد خروجـه واتجـه إلـى الكافيـه، جلـس فـي مكانـه المفضـل، وأتـى إليـه مشـروبه المفضـل، وقـام بالاعتـذار مـن الجرسـون مـرة أخـرى، قَبِـل الفتـى اعتـذاره بصـدر رحـب طالمـا سـيترك لـه بقشيشًـا. ظـل جالسًـا وهـو شـارد الـذهن إلـى أن سـمع صـوت الكرسـي يتحـرك للخلـف مـرة أخـرى وإلـى الأمـام مُجدَّدًا، ومـن ثمَّ ظهر صوت:

ـأنـا عرفـت كـل حاجـة، أنـا عرفـت إنـك كنـت معـاهم حتـى أنـت ثقتي فيـك خابـت، همـا بيعملـو معايـا كـده وأنـا عارفـه ليـه لكـن أنت ليه عملت معايا كده وانضميت ليهم؟

ظهـر الـذهول علـى وجـه ياسـين، وقـرر أن يسـتمع فقـط لربمـا يدري ما يجري وتابع الصوت نفسه قائلًا:

ـأنـا بقيت بشـك فـي كـل حاجـة وفـي أي حـد همـا ليـه بيعملـوا كدة؟ وأنت ليه يا ساهر عملت كدة أنا مبقتش قادرة.

ثـم سـمع ياسـين صـوت الكرسـي يرجـع للخلـف ووقـع خطـوات أقـدام، قـرر ياسـين اللحـاق بهـا هـذه المـرة، أخـذ عصـاه مسـرعًا وذهـب خلفهـا وهـو ينـادي عليهـا إلـى أن اتجـه إلـى البـاب وخـرج منـه، ظـل يجـري وراء المجهـول ويصـرخ عاليًـا، وفـي

ظـل صـراخ لـم يـدم طـويلًا وبعـد أقـل مـن دقيقـة كـان كالطـائر يرفـرف عاليًـا ولكـن بـدون أجنحـه. كـان كـالمهرج الـذي يـؤدي شـقلبة فـي الهـواء، وكسـوبر مـان الـذي فـي أفـلام الكـارتون، كـان كالقمامـة التـي رُميـت علـى الأرض بقـوة، ثـم آخـر مـا التقطه ياسين كان سماع صرخات من الناس ومعظمها:

- حد يكلم الإسعاف بسرعة.

وظهـر فـي المـرآة الأماميـة للسـيارة المسـرعة شـاب يبكـي، لكن لم يتعرف عليه أحد ولا على رقم السيارة حتى!.

تـزداد حركتـه ويـزداد تشـنجه، يتـنفس بصعوبة بالغـة، وكـأن جبـلًا يجلـس فـوق صـدره، يحـارب ويجـازف مـن أجـل أن يـنهض، إذا وقعـت العيـن عليـه تظـن أن بـه مرضًـا مـا، ولكنـه لـيس مريضًـا بجسـده بـل فـي عقلـه، اسـتحوذت عليـه هـذه الملعونـة، ولكنهـا حذرتـه وكمـا يقولـون لقـد أعـذر مـن أنـذر، ولكنـه لـم يهـتم، هـو لـم يؤذهـا ولكنـه أيضًـا تغافـل عـن حقهـا مـن أجـل فُتـات لا قيمـه لهـا مـن وجهـة نظرهـا، لكـن مـن وجهـة نظره هو فكان كل شيء!.

اسـتيقظ أخيـرًا يلـتقط أنفاسـه أو مـا تبقـى منهـا بكـل صـعوبة، انهـمر مـن مُقلتـي عينيـه دمـوع خفيفـة، يكـتم صـوت نحيبـه؛ حتـى لا تسـمعه زوجتـه التـي تنـام بجانبـه ولا تصحـو فـي هـذه السـاعة المُتـأخرة مـن الليـل، يضـع يـده قُـرب صـدرها ليتأكـد أنها لا تزال حيَّة وليس كما رأى في الحلم.

مـن ثـم يقـوم مسـرعًا بعـدما تـذكر شـيئًا آخـر، ويذهب بخطـوات سـريعة خفيفـة حتـى لا يصـدر صـوتًا، يفـتش فـي الصـالة بعينيـه وكأنـه أول مـرة يـرى هـذه الحجـرات، ومـن ثـمَّ يتوجـه إلـى

غرفـة ابنـه، وكمـا فعـل مـع زوجتـه يتفقـد صـدر ابنـه حتـى يتأكـد أنه لا يزال حيًّا!

يحمـد الله كثيـرًا علـى هـذا، ثـم يلملـم شـتات نفسـه ويخـرج مـن الغرفـة حتـى يـذهب إلـى غرفتـه، ولكـن قدمـه تشبّثت بالأرض، وكأنهـا جـذور شـجرة ثابتـة منـذ خمسـين ألـف سـنة. انقطـع صوتـه، صُـمت أذنـه، يـزداد وقـع دقـات قلبـه، أذنـه لا تسـمع شـيئًا سـوى دقـات قلبـه العاليـة، يُحـدِّق فـي الفـراغ ولكنـه ليـس مجـرد فـراغ، فـي آخـر الصـالة تقـف هـذه الملعونـة بفستانها الأبيـض وتبتسـم ابتسـامة مخيفـة جعلتـه يفقـد الشـعور بمثانتـه لتجـد الميـاه سـبيلها إلـى سـرواله، وفـي لمـح البصـر وجدها أمامـه مباشـرة، وقـد تغيـر شـكلها، تغيـر شـكلها تمامًـا؛ لتصبـح في صورة زوجته!!!

ولكن بطريقة بشعة، وتقترب من أذنه وتهمس:

منزل علي علَّام!!!!!!

أنا حيٌّ

فتـح عينيـه رويـدًا رويـدًا، بـدأ بتجميـع المكـان تـدريجيًا، انقشـع الضبـاب مـن أمـام عينيـه علـى سـقف لونـه أبيـض مُبطن ويتدلى منـه أشـياء، مثـل: العواميـد ذات السُـمك القليـل، وتتصـل بالأرض لا يـدري إلـى أيـن، ولكنـه حـاول تجميـع قـواه وبـدأ فـي تحريـك عينيـه يمينًـا ويسـارًا، حـاول النهـوض حـين علـم أنـه نائـم علـى سـرير ومـن خـلال الاسـتيعاب أدرك أنـه فـي المشـفى، تـذكر مـا حـدث لـه ولكنـه لـم يقـدر علـى النهـوض، قـام برفـع رأسـه مـن علـى الوسـادة قليـلًا ونظـر إلـى نفسـه؛ وجـد قدمـه تتـدلى بربـاط متصـل بالسـقف ومرفوعـة علـى زاويـة، الكثيـر مـن الأسـلاك المتصـلة بجسـمه تـدخل وتخـرج، وكأنـه

وحدة تَحَكُّم مركزية، رفع يديه الاثنين لم يجد بهما شيئًا سوى آثار لبعض الخدوش، حينما أراد أن ينهض من مكانه شعر بوجع طفيف بجانبه الأيمن وكدمات كثيرة في ظهره وقدمه، حاول التحدث، الصراخ، أي شيء؛ لكنه لم يقدر، شعر أنه كالعاري بدون نظارته فحرك رأسه يمينًا ويسارًا بحثًا عنها، ولكنه لم يجدها فوق الكمود أو في أي مكان، ولكن انتظر!

كيف يرى كل هذا وهو أعمى منذ عقد من الزمن؟ هنا راوده شعور غريب، تدفقت النار في جسده، ظل يتحرك يمينًا ويسارًا، وكأن قد انتابه نوبة صرع، ظل يصرخ بصوته المبحوح عاليًا، حاول خلع الأسلاك، فقام بخلعها، ومن ثم بعد أقل من دقيقة وجد باب الغرفة يُفتح ويدخل منه الطبيب والممرضون، وسط صراخ منه قام الطبيب بإعطائه حقنة مُهدئة حتى تستقر حالته؛ بدأ صوته ينخفض تدريجيًا إلى أن هدئ واستكان تمامًا ....

في اليوم التالى فتح عينيه، قام بالنظر يمينه و يساره وحاول التحدث، ولكن كل هذا كان بهدوء هذه المرة، ظل يحاول إخراج الكلمات من فمه إلى أن سمع صوتًا أنثويًا يأتي من الغرفة، ويقول له:

- حمد الله على السلامة يا أستاذ خضتنا عليك والله.

- أن... أنا ....اننا ففي....

- اهدى يا أستاذ أنت في مشتفى خيرت الخاصة، أنت طبعًا مش فاكر، هقولك ما انت يا حبة عيني بقالك شهر في غيبوبة.

صرخ ياسين فجأة :

- شهر؟

- أيوه شهر نايم بعد ما جتلنا المشتفى جثة همدانة عربية خبطاها، الدكتور محمود ربنا يكرمه قدر ينقذك ويعالجك بشكل سليم لكن جسمك دخل في حالة غيبوبة.

- أخر أخر...ج

- تخرج فين يا أستاذ أنت لسه تعبان، أنت عارف كان عندك إيه؟ أنت كان عندك نزيف داخلي وكسر في الرجل اليمين وكسر في ضلعين وكدمات في الضهر وفي اليدين وخدوش في وشك بسيطة متقلقش شكلك لسة حلو.

ظل ياسين شارد الذهن حتى هتفت الممرضة:

- هستأذن أنا بقى.

و هنا هتف ياسين بكامل قوته:

- مكالمة تليفون؟

- عايز تتكلم يعنى، اتفضل

أخرجت من جيبها هاتفًا محمولًا وأعطته له.

قام ياسين بالتحدث في الهاتف مع شخص ما حينما غادرت الممرضة الغرفة ثم عادت بعدها بخمس دقائق، أعطاها ياسين الهاتف ثم انصرفت، ولكن قبل أن تنصرف قالت له:

اه صح في ظابط جه وسأل عليك كذا مرة وعطانا رقمه و قالنا لما تفوق أننا نكلمه.

لم يهتم وظل شارد الذهن إلى أن رحلت الممرضة ...

فُتح باب غرفته مساءً قبل الفجر بقليل، لم تكن الممرضة أو الطبيب بل كان ياسين هو من يحاول الخروج من المشفى بطريقة ماكرة، كان قد قام بتجهيز كل الأشياء اللازمة للهَرَب، أخذ الكرسي ذا العجلات وهرب به إلى مخرج الطوارئ، نزل على الدرج المؤدي إلى الأسفل، كان من حسن حظه أن غرفته في الطابق الأول، كان قد لاحظ ضوضاء الشارع في الصباح فأدرك أنه في الطابق الأول أو الثانى؛ لذلك كان الهروب سهلًا، وخرج من الباب الخلفي بمساعدة سائقه السابق حتى ركب السيارة، وهلل السائق:

ـحمد الله على السلامة يا باشا نورت.

ـاطلع على بيت بسرعة قبل ما حد ياخد باله، أنا ما صدقت أنك عرفت تصرف بتاع الأمن اللي تحت.

ـعيب عليك يا باشا البت نوال بتعرف تصرف وتسحب اللي هي عايزاه، أنت تؤمر بس.

ـاطلع يلا

ومن ثم اتجه السائق ومعه ياسين إلى البيت.

حينما دخل ياسين البيت وجد كل شيء بمكانه، وكل شيء كما هو باستثناء الغبار الكثيف الذي ملأ المنزل، ظل ينظر يساره ويمينه حتى يستعلم أماكن الأشياء التي رآها آخر مرة، كانت منذ عقد أو أكثر وحين لمسها كان منذ شهر، وقف أمام المرآة ونظر إلى وجهه وجده شاحبًا كما هو، وضع يديه على وجهه يتحسسه هو وتجاعيده ومن ثَمَّ باقي جسده؛ أخذ يبكي فعينه الآن تعمل بكفاءة عالية، بكى كثيرًا

وازداد بكاؤه حين وقعت عيناه على صورته وصورة ابنته وسيف، وضع الصورة في حضنه وجلس على الأريكة وأخذ يبكي وينوح ومن ثم غَطَّ في نوم عميق من أثر الإرهاق الكبير.

ابحث وراء الحقائق.

استيقظ ياسين، لم يكن استيقاظًا من النوع الطبيعي، وإنما استيقاظ على جملة في أذنه تخبره بأن يبحث عن الحقائق، حينما استوعب أين هو وضع صورة ابنته مكانها بعد تقبيلها ومن ثم اتخذ قرارًا... سوف يبحث عن الحقائق بالفعل، قرر أن يبحث عن البنت التي تسببت له في الحادث، كان أول شيء قد فعله هو كسر الجبيرة التي على قدمه، استحم بماء مثلج، وقام بأخذ بعض المسكنات وارتدى حلته ونظارته. كان يجد في أمر استعادة نظره الغرابة فأراد أن يبقيه سرًّا كما هو، وقرر الذهاب إلى الكافيه وإرسال سائقه في مهمة خاصة إلى المشفى.

لما وصل إلى الكافيه قوبل بالتحيات من كل أعضاء المكان الذين يعرفونه، والجارسون الذي أصبح صديق ياسين بعد سوء التفاهم، جلس ياسين في مكانه مع ترديد عبارات متنوعة من الوجود على مسامعه:

حمد الله على السلامة.

ـالحمد لله ربنا يشفيك.

ـألف مبروك.

كان ياسين يبتسم وهو يُكمل دور الأعمى الذي يتقنه لعقد من الزمن، جلس مكانه قرابة ساعة ينتظر أي شيء، لكن لم

يجـد أي فتـاة أو أي أحـد، لـم يُـرد أن يسـأل عـن شـيء حتـى لا يثير الذعر .

دخـل مـن البـاب، رجـل قـوي البنيـة، مرمـوق الهيئـة، مشـى حتـى أن وصـل إلـى طاولـة ياسـين ثـم جلـس أمامـه ووضـع جريدة كانت بيده على الطاولة وقال:

ـأنا ملازم أول جمال الدين أحمد.

شعر ياسين بالتوتر قليلًا ثم قال:

ـأهلًا بيك.

ـكـان المفـروض يتصلـوا بيـا يقولـولي أنـك فوقـت، همـا فعـلًا اتصلـوا بـس لمـا وصـلت مـالقيتكش، قـالوا إنـك هربـت مـن سـلم الطـوارئ ومحـدش شـافك وبالصـدفة مـن شـوية واحـد راحلهـم بكيسـة وسـابها وجـري ولمـا فتحوهـا لقـوا فيهـا مبلـغ كبيـر ومكتوب فيها من المريض الهارب تقدر تقولي إيه السبب؟

ابتسـم ياسـين حينمـا سـمع هـذا الكـلام، كـان يعـرف أن سـائقه مجنون ولكن ليس لهذه الدرجة.

ـمـابحبش المستشـفيات بتثيـر اشـمئزازي وبالنسـبة للفلـوس فهو حقهم.

ـطبعًـا طبعًـا، أنـا مـش جـاي أنـاقش هروبـك أنـا جـاي أعـرف بـس لـو فـاكر حاجـة أو أي حاجـة مـن الحادثـة، العربيـة، شـكل اللي خبطك، أي حاجة يعني تقدر تفيد.

ـللأسف لا .

الحادثة مصنفة إنها اغتيال وده بسبب الكاميرا اللي صوّرت ولأن العربية كسرت الإشارة.

لم ينطق ياسين بكلمة، قام جمال بإخراج هاتفه من جيبه ومن ثَمَّ عرض شريط الفيديو على ياسين، وقال له:

فيه حاجة أنا مش فاهمها، الوضع التشريحي بتاع جسمك قبل الخبطة بيقول إنك كنت بتجري و بتنده على حد ومفيش حد قريب منك، تقدر تقولي كنت بتتكلم مين أنا مش شايفه!؟

ضحك ياسين قليلًا، وشعر جمال بالضيق، فردَّ ياسين قائلًا:

يا جمال باشا أنا أعمى مش شايف أنت بتتكلم عن إيه أساسًا.

صُعق جمال ولم يستطع الرد، فتأسف على عدم معرفته وقال:

حتى لو مش بتشوف فانت أكيد كنت عارف بتكلم مين أو بتنده على مين!.

عندما هم ياسين بالرد لمح بعينيه في الجريدة حادثة تقول:

ضابط شرطة يُهشم رأس زوجته بتمثال في منزلهم وُوضِع عنوان منزل صديقه سيف.

ارتبك ياسين ولم يعرف بماذا يجيب، فقال له:

أنا أعمى وكبير في السن لربما كنت بغني أو بنادى على شخصية من خيالي إيه المشكلة؟

صـح، بـس كـدة كـدة سكوتك مـش فـي صـالحك أنـت مـش متهم، إحنـا هـدفنا نجيـب اللـي خبطـك، علـى العمـوم الكـارت بتـاعي أهو ولو افتكرت أي حاجة كلمني.

خـرج الضـابط جمـال، وبعـده بوقـت لـيس بقليـل هـم ياسـين بالخروج مُتخذًا طريقه إلى منزله.

عكـف ياسـين حتـى صبـاح اليـوم التـالي يبحـث ويتأكـد حتـى عـرف أنـه فعـلًا صـديقه سـيف، ومـن أثـر الصـدمة نُقـل إلـى مشـفى الأمـراض العقليـة والنفسـية، ولكـن لمـاذا قـد يفعـل هـذا؟ فهـو يحـب زوجتـه جـدًا، ولـم يكـن بينهمـا مشـاكل، شعـر ياسـين بالحـزن علـى صـديقه، واعتقـد أن الموضـوع بـه شـك فبالرغم مـن قسـوة سـيف علـى ياسـين فقـد ظـل ياسـين يـرى أن سـيف صـديقه ويجـب أن يسـاعده؛ قـرر الـذهاب إلـى مشـفى الأمـراض العقليـة والنفسـية الـذي أودع بهـا سـيف، وفهـم الحكايـة مـن صـديقه، ولكـن بعـد أن يتخطـى رجـال الشـرطة الكثيرين الذين لا يعرف كيف يتخطاهم.

حـين وصـل إلـى بـاب المشـفى لـم يتوقـع أن يجـد كـل هـذا الكـم الهائـل مـن قـوات الأمـن، يبـدو أن الحادثـة قـد هـزت الـرأي العـام وعرفهـا الشـعب. وسـط دهشـة ياسـين وشـروده سـمع صوتًـا يقول له.

-إيه اللي جابك هنا يا ياسين بيه؟

وحين نظر ياسين وجده الضابط جمال!!!!!!

تصادُم

كـان يعـرف هـذا الصـوت جيـدًا ويميـزه، صـوت لـم يمـض علـى مـروره أربـع وعشـرون سـاعة، كـان الصـوت صـوت الضـابط

جمـال، لـم يجـد ياسـين مفرًا سـوى أن يلـتمس الهـدوء حتى يخرج من هذا المأزق، نظر إلى جمال وقال له:

ـأنـا راجـل كفيـف بقـالي شـهر فـي غيبوبـة وحشـني الشـارع فحبيت أتمشى شوية فيه مشكلة يا حضرة الظابط؟

ـوبتتمشـى قـدام مشـفى أمـراض عقليـة صـدفة برضـه وبتهـرب من سلم طوارئ وانت كفيف برضه؟

ازداد تـوتر ياسـين، يبـدو أن جمـال قـد كشـف حقيقتـه، حـاول التملص من الموقف فقال:

ـمعـرفش أنـا فـين أصـلًا زي مـا قولتلـك أنـا عـاجز مـش زيـك وسلم الطوارئ ماهربتش لوحدي.

شـعر جمـال بالضـيق ،وأدرك ياسـين انفـلات الوضـع منـه كثيـرًا، فكـان يهـم بـالخروج مـن الموقـف، لكـن باغتـه جمال بوضـع الأصـفاد بيديـه ومـن ثـمَّ اسـتدراجه إلـى سـيارة الشـرطة، حـاول ياسـين أن يفعـل أي شـيء؛ حيـث إنَّ ذهابـه لمركز الشرطة كان بمثابة نهاية حتمية له هذه المرة، فقال:

ـأنا معملتش حاجة هي التمشية بقت جريمة!

ـالكـدب هـو الجريمـة، كـاميرات المشـفى جابتـك وانـت بتهـرب لوحدك، كنت جاي تعمل إيه هنا بقا؟

بتمشى.

قام جمال بدفع ظهره بيده دفعة خفيفة، وقال له:

ـأنـت عـارف طبعًـا إحنـا رايحـين فـين، على البـوكس زي مـا أنـت شـايف ولا لسـه هتعمـل أعمـى؟! كـاميرات المراقبـة لمـا

راجعتها بعد ما سبتك اتأكدت إن دي طريقة هروب واحد مش كفيف أبدًا.

شعر ياسين بالتوتر كثيرًا عند اقترابه من سيارة الشرطة، وحاول أن يفعل أي شيء ثم كرر على جمال قائلًا:

-كنت بتمشى ما عملتش حاجة!.

ضحك جمال ضحكة المُنتصر، ففقد ياسين الوضع فقال:

-سيف يبقى صاحبي وأنا عايز أساعده.

لم يتمالك جمال نفسه بعدما سمع هذه الجملة وانعطف عن سيارة الشرطة وأخذ ياسين معه، ولكن هذه المرة ركبوا سيارة جمال الخاصة ومن ثم انطلقوا......

اصطحب جمال ياسين إلى الكافيه الذي جلسا به البارحة في المكان نفسه، فكَّ جمال الأصفاد من يد ياسين، وبلهجة حادة قال له:

-كنت عارف إنك كداب ووراك حاجة، بعد ما مشيت اتصلت بالمشفى وعرفت إنك مش كفيف وإنك بتشوف عادي وراجعت الكاميرات واتاكدت، خليت المخبر بتاعي يراقبك وعرفت خط سيرك وبرضه جبت الملف بتاعك من الداخلية وعرفت إنك ليك سابقة واتهام بقتل ابن لواء متقاعد وبعد كل ده بتقولي إن سيف يبقى صاحبك؟

صمت ياسين وهو يفكر ثم قال:

-أنا فعلًا دلوقت مش كفيف لكن أنا كنت كفيف من أقل من شهر، حكاية اللواء مليش دعوة بيها.

- وحكاية بنتك؟

هنا لم يتمالك ياسين أعصابه، وصرخ به صرخة رجت المكان وجعلت كل من فيه ينظرون إليه:

- ما تجيبش سيرة بنتي.

شعر جمال أنه تجاوز الحد؛ فلم يتكلم وسكت بوجه غاضب إلى أن هدأ ياسين، ثم قال له:

- فعلًا سيف يبقى صاحبي ومن زمان ولما عرفت أنه حصل معاه الموضوع ده كنت عارف إن وراه حاجة مش طبيعية.

- وعرفت إزاي، من خبرتك القديمة؟

شعر ياسين بتلاعب في الكلام، لكنه كظم غيظه وقال:

- لأن سيف أكتر حاجة بيحبها في الدنيا هي مراته ومستحيل يعمل كدة.

- ومش غريبة أن يوم حادثتك هي هي يوم حادثة سيف.

سكت ياسين من الدهشة، لم يستطع أن يرد او يُكمل الكلام، حاول في جزء من الثانية ربط الخيوط، ولكنه لم يقدر فقال لجمال سريعًا:

- ساعدني أخش لسيف.

رد جمال بسرعة وبدون تفكير:

- مستحيل.

ليـه لا سـيف بيعـاني ومـن المفتـرض أنـه زميلـك فـي الداخليـة وتساعدني في إني أساعده.

ـواحد زيك كداب هيساعده إزاي؟

ـبكل الطرق المتاحة خليني أقابله بس!.

كـان جمـال يعلـم أن ياسـين يمتلـك قـدرات، ويقـدر علـى التعامـل فـي هـذه الحالـة، فجمـال هـو فقـط مـن يصـدق وجـود الخرافـات التـي كـان يتحـدث عنهـا سـيف وهـو الـذي يعلـم أن حادثـة سـيف هـي بسبب القضيـة الماضيـة وليـس بسـبب صـراعات زوجيـة، وإذا ثبـت هـذا فربمـا يسـترجع مكانتـه فـي الداخليـة، ويعرفـون أنـه كـان علـى حـق، وسـيف هـو مـن كـان يريـد أن يغلـق القضيـة بشـتى السـبل؛ فلـم يجـد مفـرًّا إلا أن يوافـق جمـال بعـد فتـرة مـن التفكير، ولكنه قال:

بشـرط واحـد بـس... أبقـى مطلـع معـاك علـى كـل حاجـة حتـى لـو كنـت نـايم وبـتحلم وإلا مصيـرك هيكـون السـجن ودخولـك القسـم بعـد كـدة ولـو فيـه حاجـة بسـيطة هيوديـك ورا الشـمس وأنت عارف ده كويس!.

وافـق ياسـين سـريعًا، ومـن ثـم تحركـوا مـرة أخـرى قاصديـن إلى مشفى الأمراض العقلية ....

كـان الكافيـه قريبًـا مـن المشـفى، ولكـن الأغـرب مـن هـذا أن المشـفى كـان بنـفس المكـان الـذي حُـوّل إليـه جمـال وألـزم بـه، هـل يـا تـرى كـل هـذا مـن محـض الصدفة أم أنـه مـن لعنـة الفتـاة التـي كـان يصدقها وحـده؟. وقـد يسـاعد هـذا أيضًـا جمـال علـى اسـترجاع سُـمعته بعـد أن نُشـر عنـه أنـه يعتقـد بالخرافـات، وكـان هـذا للداخليـة بمثابـة الطفـل الـذي يخـاف مـن شـيطان

دولابه، لكن نقله لهنا لم يكن صدفة، كان من المفترض أن يُنقل إلى مكان آخر، ولكن قبل هذا بأيام اتصلوا به وأخبروه أنه سيُنقل إلى هنا مكان ضابط آخر؛ نظرًا لمرضه وعدم قدرته على المواصلة، فهل يكون كل هذا صدفة؟.

حينما وصلوا إلى المشفى كان من السهل الدخول؛ حيث كان جمال يظهر شارته لكل من يعترض طريقه، ويظهر له غضب وجهه؛ فكان ينزاح عن الطريق.

لم يكن هذا الوقت متاحًا للزيارة؛ لذلك طلب جمال من الطبيب أن يدخله ومعه ياسين لمدة خمس دقائق وبعد إلحاح منه وافق الطبيب.

حينما دلفوا إلى الغرفة كان كل شيء طبيعيًا، كانت غرفة مُبطنة وبها نافذة صغيرة وبها حديد، الغرفة خالية من أي شيء حاد، وكانت مُبهجة عكس ما تظهره الأفلام والمسلسلات، هناك سرير وكمود فقط وفوقه صورة لزوجة سيف.

سيف يجلس على سرير مُطرق النظر إلى النافذة فقط لا يُبدي أي اهتمام بالزائرين ولا بأي شيء، كان يرتدي بنطالًا أبيض وتيشيرتًا أبيض، وحينما لم يبدِ أي شيء لدخولهم قال جمال:

سيف أنا جمال.

....

سيف أنا جمال فاكرني؟

لم يبدِ أى شيء، فقال جمال:

سيف أنا جمال ومعايا صاحبك ياسين!.

حينما سمع الاسم الأخير التفت ناحية ياسين ونهض من على سريره بوجه شاحب، ظل يتقدم ناحية ياسين وهو يردد بصوت منخفض تارة ويعلو تارة بعد أخرى:

ـالرسالة الرسالة الرسسسالة.

وحينما اقترب من ياسين، أطبق بقبضتي يديه على ياقة قميصه وظل يصرخ:

ـأنت اللي عملت كل ده أنت!.

لم يستطع جمال أن يبعده عنه، ولكن في هذه اللحظة جاء الطبيب والممرضون وأخرجوا جمال من الغرفة، وظل ياسين جالسًا على الأرض ينظر إلى سيف بعد حقنه بحقنة مهدئ من الطبيب وهو لا يدري! وأخذ يسأل نفسه سؤالًا واحدًا:

كيف أنه هو من فعل كل هذا؟

ولماذا؟

حينما خرجوا من المشفى بعد صراع مع الطبيب ووابل من التعنيف منه، ومنعهم من التعرض للحالة مرة أخرى، ظل الوجوم على وجه ياسين إلى أن خرجوا من المشفى، أشار جمال إلى ياسين بركوب السيارة، لم يتكلم أو يتحدث حيث ظل هائمًا في عالم آخر، كيف يكون هو السبب بهذا وهو من يحاول أن يساعده الآن؟

أدرك سبب الزيارة المفاجئة له قبل الحادثة، وتحدثه عن التخطيط والنجاح في نصب خطة توقع بسيف، ومرَّت

بخاطره جملة جمال حيث إن حادثة سيف وحادثة ياسين قد وقعا في نفس اليوم، هو لا يدري ما العلاقة بين كل هذا، ولكنه يحاول أن يبحث عن سبب.

في الجانب الآخر كان جمال يدرك جيدًا أن ياسين ليس له أي علاقة بالأمر، فالأمر خارج عن نطاق البشر أو عن المساعدة من الجن للانتقام من البشر، إن الأمر كله بسبب التغافل من أجل أشياء شخصية؛ والدليل على هذا وقوع الحادثة بعد الترقية مباشرة، لكنه لم يُرد أن يتكلم أمام ياسين بشيء؛ لأنه مازال لا يثق به، ويريد أن يضعه في موقف شك وأسئلة حتى يخبره بكل ما عنده.

ظل الهدوء سيد الموقف، ياسين في أهواله وجمال في تفكيره، لم ينتبه ياسين للطريق ولم يهتم ولكن لفت نظره لافتة مكتوب عليها منزل علي علّام. وهنا جاء صوت ياسين لأول مرة وقال:

ـ إحنا فين ورايحين فين؟

ـ عشان نوصل لحل لازم نقرأ الرواية من الأول.

ومن ثَمَّ ظهر قصر كبير شامخ من طابق واحد يُثير الريبة، ترجل ياسين من السيارة، كان لا يدري ماذا يفعل هنا في هذه الساعة المتأخرة، فكلها ساعة أو اثنتين ويهبط الليل، تقدم جمال ومن ورائه ياسين يسير كالصبي لا يدرك شيئًا. نظر جمال يمينه ويساره وكأنه يبحث عن أحد وقال:

ـ مش موجود هنعتمد على نفسنا.

لا يدري ياسين ما هذا ولكنهم مشوا سويًا وصعدوا درجات القصر، ثم تجاوزوا إشارات الشرطة، دفع جمال الباب

دفعـــة صغيـــرة فـانفتح ودخـــل الـرجـــلان، وبعـــد خطـــوتين ســمعا الباب يُغلَـــق مـــن خلفهـــم بقـــوة مـــن فِعـــل الريـــاح أو ليسـت الرياح!......

لـم يهتـز ياسين أو يشعر بـأي شـيء علـى عكـس جمال الـذي انتفض قليلًا، ثـم عـدل مـن نفسـه سـريعًا حفاظًـا علـى وقـاره، و قال ياسين:

-إيه تاني؟ إحنا جايين هنا ليه؟

-المفـروض إن هنـا بـدأت القصـة كلهـا يـوم مـا لقينـا البنـت المقتولة أو المنتحرة الله اعلم.

-وبعدين؟

-بعـدين دي بتاعتـك أنـت، أنـت المفـروض كنـت زمـان ده شـغلك و إنـك بطلتـه مـن بعـد الحادثـة اه بـس ممكـن تسـترجعه تاني دلوقت.

ابتسم ياسين ابتسامة بسيطة وقال:

-الأمـر مـش زي مـا أنـت متخيـل أنـت هنـا فـي جثـة وقتيلـة أو منتحـرة وخـروج روح وأذيتهـا للغيـر خـارج البيـت، وأنـا لمـا كنـت شـغال زي مانـت بتقـول كانـت سُـلطتي مابتعـديش لـوح الويجا أنى أخلى الروح تدخل في وسيط وتتكلم.

-طب ما تعمل كدة.

-لازم طقـوس معينـة مـش هنـا ده أولًا، ثانيًـا الجثـة مـن كلامـك بـاين إنهـا غضـبانة، فـأي وسـيط هتتملكـه هتموتـه وثالثًـا أنـا بطلت زي ما أنت قولت بعد الحادثة.

اشتد غيظ جمال، ونظر إلى ساعته سريعًا ولم يجد بُدًّا من المجادلة؛ لأنه لم يتبقَّ سوى ساعة ويعلن الليل قدومه، وهو لا يحبذ فكرة انتظاره هنا في الليل، فقال:

ـاحنا لازم ندور على حاجة نبدأ منها وأكيد هنبتدي من هنا.

ـمظبوط القصر واسع لازم نفترق.

حينما سمع جمال آخر كلمة من ياسين ازداد توتره وقال:

ـنفترق؟

ـاه عشان نخلص، اضبط ساعتك من دلوقت على ساعة إلا ربع و نتقابل عند العربية لما نخلص.

لم يحبذ جمال هذه الفكرة، ولكنه وافق على هذا بسبب وقاره الذي خاف عليه، ولأن الفكرة الصحيحة في هذه الحالة أن يفترقوا، فقال جمال:

ـأنا هفتش هنا في الأرضي على أي حاجة وإنت تفتش في الدور اللي فوق واهتم بالتفاصيل أوي عشان المكان ده فتشته الشرطة قبلك.

ـمفيش مشكلة.

قال جمال وهو يُشير ناحية اليمين:

ـالممر ده فيه الغرفة اللي لقينا فيها الجثة، والعلامات هتبينلك الشكل التشريحي للجثة كان عامل إزاي.

ـلما أخلص فوق هنزل أشوف.

انطلـق ياسـين يصعـد الـدرج ومعـه كشـاف هاتفـه ينظـر يمينًـا ويسـارًا، كانـت الحـوائط كلهـا مُعلَّقًـا عليهـا لـوح ورسـومات قديمـة مـن قـرون قديمـة، يفتـرق الـدرج إلـى جـانبين أيسـر وأيمـن ويتقـابلان مُجـدَّدًا عنـد آخـرهم. عنـدما وصـل إلـى الـدور الوحيـد كـان هنـاك ممـر علـى يسـاره وآخـر علـى يمينـه، فقـرر أن يبـدأ بيمينـه، حيـث بـدأ بـالغرف؛ كانـت عبـارة عـن ثـلاث غـرف صغيـرة وغرفـة كبيـرة مُحكَمـة الغلـق، بـدأ بتفتيـش الغـرف الصغيـرة كانـت الغـرف كلهـا متشـابهة فوُجِـد بهـا: سريران، منضـدة، وكرسـيان للجلـوس، وكانـت ممتلئـة بالأتربـة، ويوجـد أيضًـا نافـذة وخزانـة ثيـاب، ولكنهـا فارغـة مـن أي شـيء، وكانـت أحـوال الغـرف الأخـرى هكـذا، لـم يجـد شيئًـا يُـذكر. ذهـب إلـى الغرفـة الكبيـرة حـاول فتـح البـاب، ولكنـه لـم يُفتـح، حـاول أكثـر مـن مـرة ولكـن لا شـيء، ذهـب إلـى الجانـب الأيسـر، وكـان بـه ثـلاث غـرف صغيـرة أيضًـا وغرفـة كبيـرة، كانـت الغـرف الثـلاث متشـابهة هـي الأخـرى، فاشـتملت علـى: منضـدة، كرسـيين، سـريرين، وخزانـة ثيـاب فارغة، ونافذة.

أمـا الغرفـة الرابعـة كانـت فارغـة مـن كـل شـيء؛ لا يوجـد بهـا سـوى نافـذة فقـط، وأرضـية، وتوجـد رسـومات علـى الأرضـية لـم يفهـم معناهـا، نظـر مـن النافـذة علـى المحيـط لـم يجـد شيئًـا، وكـان يهـم بـالخروج مـن الغرفـة، ولكـن حـين التفـت مـرة أخـرى ينظـر مـن النافـذة، وجـد شخصًـا يقـف فـي الحديقـة يرتـدي أسـود فـي أسـود ولا يظهـر لوجهـه ملامـح، فـي بدايـة الأمـر أشـار لـه بيـده لكنـه لـم يـرد، حـاول أى شـيء، ومـن ثـم صـرخ عليـه لـم يجـب؛ فقـرر النـزول إليـه، نظـر فـي سـاعته، لـم يكـن قـد مـرَّ أكثـر مـن ربـع سـاعة علـى البحـث دون فائـده، أسـرع بـالخروج مـن الغرفـة وعبـور الممـر والنـزول عبـر الـدرج إلـى الأسـفل، ولكـن حـين نـزل إلـى الأسـفل التفـت يمينـه ويسـاره كمـن يبحـث

عـن شـيء مـا، ثـم نظـر إلـى مكـان الـدرج ورسـم بيديـه في الهـواء مخطَّطًا لمكـان الـدرج، وبـاب دخـول القصـر ثـم قـال بصوت عالٍ:

ـ إيه العبث ده المفروض الباب يبقى مكانه هنا.

وحيـن شـاور بإصبعه علـى هـذا المكـان، لـم يكـن هنـاك بـاب للخـروج وإنمـا حـائـط، وهنـا أدرك ياسـين أن البـاب قـد اختفـى، والبيت بدأ يلعب معه ألعابًا لا يحبها.

لا تخف!

شـعر بـالتوتر والاختنـاق، لا يـدري مـاذا حـدث أهـي هـلاوس بصـرية أم أن مـا يحـدث حقيقـة؟ ظـل ينظـر مكـان البـاب لفتـرة طويلـة، وفـي لحظـة مـا قـرر أن يلتفـت للخلـف ناحيـة الـدرج، ولكنـه ذُهـل مكـانـه ووقـف وابتسـم ابتسـامة بسيطة ومـن ثـم بكـى؛ بكـى حينمـا رآهـا أمامـه كـالملاك الأبيـض ترتـدي فستـانًا أبيـض، كانـت سـارة فـي هـذه اللحظـة كـالملاك فعـلًا، نقيـة لدرجـة كبيـرة، ظلـت تنظـر إليـه، ومـن ثـم أشارت لـه بيديها علامـة أن يـأتي خلفهـا، لـم يتـردد ياسـين لحظـة، حيث ظل يسـير خلفهـا إلـى أن صعـد الـدرج، بـدأ شـكل المنـزل يتغيّـر؛ المبنـى القـديم الهالـك بـدأ يتحـول إلـي قصـر زاهـد، عريـق، مفـروش ومنسـق بعنايـة، بـدأ يـرى أناسًـا يظهـرون أمامـه، يتهامسـون ويتحـدثون بنسـق دون اكتـراث لـه وهـو غيـر موجـود بينهم، أخـذ يسـير خلـف سـارة وهـو ينظـر إلـى النـاس، وتتـابع أحـداثهم مـن خـدم يـؤدون وظـائفهم، وأطفـال يلعبـون، سـيدات ورجـال يرتـدون بـدَلًا أنيقـة قديمـة تبـدو مثـل موضة العصـر الفيكتـورى. ظـل يسـير خلـف سـارة وهـو ينظـر فـي الغـرف التي كـان فيهـا منـذ قليـل، ولاحـظ كـم أصبحت الغـرف مرتبـة، أنيقـة ومَطليـة، كـل شـيء مُحـي تمامًـا، وكأنـه ذهـب إلـى

كــون آخــر أو رجــع بــالزمن للــوراء، كــان يريــد أن يُســرع فــي
خطواتــه؛ حتــى يمسـك بسـارة ويتأكــد مـن أنهـا حقيقيــة، ولكنــه
كلمــا اقتــرب منهــا ابتعـدت عنــه، لا يـدري كيــف، ولكـن هـذا هـو
مــا حـدث إلـى أن وصلـوا إلــى الغرفـة المفتوحـة التـي كـان بهـا
نقــوش علــى الأرض لا يفهـم معناهـا، دخلـت سـارة إلــى الغرفــة
ثـم دخـل ياسـين خلفهـا، ولكنــه فـي هـذه اللحظـة قـد وجـد سـارة
اختفـت تمامًـا وأصبـح مكانهـا رجـلًا، ورجـلًا آخـر يبـدو كأنــه
مشـعوذ وجثــة، ظـل المشـعوذ يـردد تـرانيم وأشـياء لا يفهمهـا
هـو، بـدأ يرمـي أشـياء علـى الجثـة مثـل الـدم والـريش، والجثـة
تتحـرك بقـوة كبيـرة لا يـدري ماهـذا، ولكـن الجثـة تتحـرك
بسـرعة قويـة، وظـل الرجـل يـردد كلامًـا والرجـل الآخـر يبكـي
ويقول:

ـعودي لي أرجوكي.

لـم يفهـم ياسـين أى شـيء ممـا يحـدث، ولكنــه حيـن أطبـق جفونـه
وفتحهـا كـان كـل شـيء قـد اختفـى فـي ثانيـة: الجثـة، الرجـل،
والمشعوذ.

نظـر وراءه فجـأة فوجـد سـارة قـد ظهـرت مـن جديـد، وأشـارت
لـه بـأن يتبعهـا، حيـن خـرج مـن الغرفـة وجـد القصـر قـد اتخـذ
شـكلًا جديـدًا مـن أشـكال العصـر الڤيكتـوري، لقـد تغيَّـر
الطـلاء، وتغيَّـرت اللوحـات علـى الحـائط، والرسـومات، تغيَّـر
السجاد وكل شيء.

سـارت سـارة فـي الممـر المـؤدي إلـى الناحيـة الأخـرى مـن
المبنـى، الجانـب الـذي أصبـح مهجـورًا؛ لا يـرى فيـه أى شـيء
ممـا رآه منـذ قليـل، ذهـب إلـى الجانـب الآخـر الـذي كـان يحتـوي
علـى أربـع غـرف، كانـت جميـع الأبـواب مفتوحـة، كانـت
ثـلاث غـرف ولكـن علـى النسـق الحـديث، حينمـا نظـر فـي

الغرفة الأولى، كانت تشتمل على فتاتين صغيرتين، وغرفة أخرى بها فتى وفتاة، والغرفة الأخيرة بها فتى واحد فقط وكلهم نائمون، توجه إلى الغرفة الكبيرة التي كانت مُحكمة الإغلاق، قام بفتحها ففتحت، كانت غرفة كبيرة مزودة بسرير كبير وأساس فخم وتبدو كغرفة الأبوين، خرج وأغلق الباب. وجد سارة واقفة على بداية الدرج وتشير له بالنزول، نزل الدرج خلفها ومن ثَمَّ اتجها إلى الدور الأرضي، المكان الذي كان مُكلَّفًا به الضابط جمال، ذهب إلى الممر المؤدي إلى المطبخ الكبير وغرفة الخدم، كانت غرفة الخدم بها رجل وامرأة نائمين، ومن ثَمَّ أكمل طريقه الى أن وصل إلى المطبخ، وهناك سمع صوت بكاء وشهقات رجل ظل يردد:

ـ ليه كدة؟

وحين استوضح الرؤية وجد امرأة على الأرض واضعة يديها على فمها ولا تتحرك، حينما قام بغلق جفونه وفتحها كان كل شيء قد اختفى تمامًا، ظل ينظر يمينه ويساره لم يجد شيئًا، وحين خرج من الممر أدرك أن المنزل قد عاد كما كان في السابق على شكله المتهالك وزمننا هذا، فقرر السير إلى الباب الكبير، لكن كانت المفاجأة أنه لم يجد الباب مرة أخرى؛ ازداد توتره ولا يدري ماذا يفعل في هذه الحلقة المغلقة.

حينما نظر إلى الجانب الآخر من الردهة وجد سارة لا تزال واقفة، فابتسم وقال لها:

ـ تعالي يا عزيزتي وحشتيني.

ولكنها لـم تـرد وأشارت لـه بـالتحرك، فسار وراءها إلـى أن دخـل إلـى غرفـة كبيرة جدًا كانـت تحتـل الجانب الآخـر، كانـت كالمكتبـة أو شـيء آخـر لا يـدري شـكلها قـديمًا، ولكـن حـين دخـل وجـد فتـاة ميّتـة علـى الأرض، ويـديها علـى فمهـا لا يـدري مـاذا يفعـل أو يقـول، ولكنـه سـمع صـوت جمـال يـأتي مـن الخـارج، ثـم ظهـر فجـأة ولكنـه لـيس جمـال بمفرده كـان معـه سـيف! كـان سـيف يـتفحص الجثـة، وبعـد مـرور وقـت قصير ذهـب جمـال والعسـكري، وظلـت الجثـة تخرج يـديها ويعيدها سـيف مـرة أخـرى إلـى أن أخـرج شـيئًا مـن ظهـرهـا، وكانـت كالرسـالة قرأهـا عـدة مـرات، ومـن ثـم دسـها فـي جيبـه. ظهـر جمـال مـرة اخـرى وتحدث مـع سـيف ثـم رحلـوا امـا هـذا الـذي يحدث؟. ذهـب ياسـين خلـف سـيف لكنـه حـين ذهـب لـم يجـد سـيف ولا البـاب موجـودًا، كـان حائطًـا ومـازال حائطًـا، شـعر بشـيء خلفـه وأنفـاس ملتهبـة، وحـين نظـر خلفـه كانـت الجثـة الملعونـة التـي رآهـا منـذ قليـل ولكـن فـي هيئـة أقبح تقف وهـي ترمقه بعيون كلها شر وتقول له:

ـلم ننتهِ بعد.

وفـي هـذه اللحظـة كـان ياسـين قـد سـقط علـى الأرض فاقـدًا الوعي.

خروج

انقشـع الضبـاب مـن أمـام عينيـه بصـعوبة، بـدأ بـالتعرف علـى مـن حولـه، ظهـرت ملامـح الضـابط جمـال وبجانبـه رجـل لا يعرفـه يرتـدي أسـود بالكامـل، حينمـا عـرف شـكله هَـبَّ مسـرعًا مـن مكانـه كـالمفجوع، وظـل ينظـر فـي كـل الاتجاهـات ويتـنفس بصـعوبة إلـى أن هـدأ واسـتقر وضـعه، نظـر حولـه ووجـد نفسـه خـارج القصـر، نظـر ناحيـة القصـر وجـد البـاب مكانـه، ظـل

يتقدم خطوة ويرجع خطوة وسط دهشة وذهول من جمال، ثم أشار ناحية الرجل ذو الزى الأسود، ولكن بادره جمال:

- في إيه يا ياسين؟

- مين الراجل ده؟

هتف بها ياسين بكل غضب:

- ده عم عثمان غفير المكان والمنطقة كلها لما مطلعتش في معادك كان واقف بره، ولما خرجت أنا ومالقيتكش دخلنا ندور عليك تاني لقيناك مغمى عليك وطلعناك برا عشان التنفس كان ضيق.

- كان مغمى عليا فين يا جمال؟

- جوة.

- بالتحديد فين؟

- في المكتبة الكبيرة.

- اللي لقيتوا فيها جثة البنت صح؟

لم يرد جمال، واكتفى بإشارة من رأسه تفيد بمعنى نعم، تابع ياسين بعد أن ازداد توتره بسبب معرفته بهذا، وقال:

الراجل ده كان واقف وأنا بستكشف الغرف وفضلت أنادي عليه ما بيردش.

ـ عم عثمان ما بيسمعش يا ياسين.

هدأ ياسين في هذه اللحظة واستنشق الهواء، ومن ثم اعتذر وذهب مسرعًا إلى سيارة جمال.

كان ياسين شاردًا يُعيد التفكير في الحلم الذي كان فيه من أوله لآخره، وفي الجثة سارة والرسالة التي كانت مع سيف، ظن أن ما حصل معه هو إعادة الزمن للوراء في ثلاث بقاع زمنية مختلفة، ويجب الربط بينهم حتى يصل للحقيقة.

لم يتحدث جمال طول الطريق؛ فهو يعلم معنى أن تفقد وعيك داخل هذا المنزل اللعين وما به من رعب على ياسين؛ لذلك احترمه، فكان شارد الذهن يفكر في كيف سيصبح شكله إذا لم يُصلح ما قد نزل عليه من ظلم وأخذ وجهه في العبوس كثيرًا، قاطع شروده ياسين فقال:

ـالرسالة

لم يفهم جمال ماذا يريد ياسين؛ فاكتفى بالنظر إليه فقط؛ ففهمه ياسين وأكمل:

ـلما روحنا لسيف فضل يقول رسالة كتير قبل ما يمسك في خناقي لو تفتكر.

ـافتكرت.

ـلازم نوصل للرسالة دي هي اللي هتديلنا الطريق لكل حاجة.

هنوصلها إزاي ده إحنا ممنوعين من دخول المشفى بعد آخر مرة

ـ اتصرف يا جمال أنت الظابط مش أنا.

لـم يعقـب جمـال، وضـع يـده علـى وجهـه يحـاول التفكيـر فـي كيفيـة الوصـول للرسـالة والأسـوأ التفكيـر فـي الوصـول لسـيف بالداخل.

قطـع تفكيـره وشـروده مكالمـة، كـان المخبـر الخـاص بـه يخبـره أن مـدام نـرجس زوجـة سـيف قـد اسـتفاقت منـذ يومين، لكنـه عـرف متـأخرًا؛ نظـرًا لكثـره الضغـط الأمنـي والمحاولـة لمعرفـة تفاصـيل، أغلـق جمـال المكالمـة وأخبـر ياسـين بهـذا، فقال له ياسين:

- أكيد هي عارفة حاجة لازم تروح لها.

- أكيد لازم نروح.

- أنا مش هروح عقلي مش هيقدر يستوعب أنا محتاج أريح.

احتـرم جمـال رغبتـه؛ لأنـه يعلـم مـا مـرَّ بـه منـذ قليـل، لـذلك اقتـرح أن يوصلـه إلـى البيـت ويذهب ليحـاول الـدخول لهـا، كـان ياسـين لا يريـد الـذهاب إلـى هنـاك ليـس للسـبب الـذي قالـه؛ ولكـن لأن نـرجس تعرفـه منـذ قـديم الأزل حينمـا كـان صـديق سـيف، وربمـا إذا سـيف أخبرهـا أنـه السـبب فـي مـا حـدث لهـم تمتنـع عـن مسـاعدتهم؛ لـذلك وجـد هـذه الحُجـة سـببًا منطقيًـا لعدم الذهاب.

حـين وصـلا إلـى منـزل ياسـين اسـتعجب جمـال كثيـرًا؛ فالمنطقـة مهجـورة مـن السـكان كليًـا، ولكـن تـابع سـيره دون اكتراث، وصعد ياسين إلى منزله.

اتجـه جمـال إلـى المشـفى بعـد أن عـرف العنـوان مـن مُخبـره، فضَّـل الـذهاب فـي هـذا الميعـاد مـن الليـل؛ حتـى لا يكون هنـاك رقابـة أمنيـة كثيفـة، عـرض بطاقتـه البوليسية بوجـه كـل مـن

كـان أمامـه؛ ممـا سـاعده علـى المـرور بسـهولة إلـى أن وصـل إلـى غرفتهـا، كـان يعـرف العسـكري الـذي يقـف بالخـارج، فهـو عبـد الصـمد الـذي خـدم معـه أثنـاء عملـه بالمديريـة مـع سـيف قبـل نقلـه؛ ممـا سـهَّل عليـه الأمـور كثيـرًا، حيـث أخبـره برغبتـه فـي الـدخول، رفـض عبـد الصـمد فـي البدايـة ووافـق بعـد إصرار كبير، ولكن لمدة قليلة.

حينمـا دلـف إلـى الـداخل كانـت نـرجس تجلـس متكئـة الظهـر علـى السـرير، عيونهـا باكيـة، وجههـا ملفـوف كليًـا عـدا عينيهـا بسـبب تهشـيم التمثـال فـوق رأسـها، كـان وليـد يجلـس علـى كرسي بجانبها، وحينما دخل جمال نظر إليه وليد وقال:

ـالوقت مش مناسب لأي حاجة اخرج برة بدل ما أكلم الأمن.

ـأنا عايز أساعدك سيب لي فرصة.

ـسيبونا في حالنا.

ـأنـا جـاي بصـفتي صديـق والـدك مـش أنـي ظـابط وجـاي عشـان كلامكم هيفيدني بأي معلومة حتى لو بسيطة.

ـمش عايزين مساعدات.

واتجـه وليـد إلـى الهـاتف ليطلـب الأمـن، ولكـن سـرعان مـا قاطعه جمال قائلًا.

ـكل ده حصل غصب عنه هو ملهوش ذنب.

فـي هـذه اللحظـة حركـت نـرجس يدهـا، وأمسـكت بيـد وليـد وأشـارت لـه بـأن يغلـق السـماعة، وقـام بإغلاقهـا، وتـابع جمـال حين وجدهم مهتمين:

في حاجـة غريبـة بتحصـل فـي الموضـوع وأكيـد أنـتم لاحظـتم ده كـويس آخـر فتـرة، وفعـلًا انـا بأكـد أن سـيف مظلـوم واللـي حصـل خـارج عنـه وغيـر واقعـي بـالمرة، وسـواء صـدقتوني أو لا فالموضـوع شـيء خـارج عـن نطـاق الطبيعـة والعقـل، وأنا محتاج منكم معلومات أو أي حاجة استفاد منها.

شـرعت نـرجس فـي البكـاء ووليـد أيضًـا؛ حيـث كـانوا يعرفـون أن هنـاك أمـرًا غيـر طبيعـي فـي كـل شـيء، بـدأت نـرجس بالتحـدث بهمهمـة خفيفـة، وأخبرتـه بكـل مـا حـدث فـي الفتـرة الأخيـرة مـن حادثـة أحمـر الشـفاه، والمـرآة، والجملـة التـي كُتبـت، تغيُّـر سـيف وسـرحانه فـي أشـياء غيـر مهمـة بتاتًـا، وحادثـة تهشـيم رأسـها غيـر المفهومـة يـوم الترقيـة حينمـا كانـت فـي غرفـة الصـالون وسـألته عـن سـبب اسـتيقاظه، فلـم يـرد واتجـه إلـى التمثـال وحملـه وهشـم بـه رأسـها، ومـن ثَـمّ تحـدث وليـد، وقـال عـن حادثـة الفتـاة التـي وجـد صـورتها فـي التحقيـق، وجملتهـا كانـت الجملـة نفسـها التـي كُتبـت بـأحمر الشـفاه علـى المـرآة، والتـي تبعتـه إلـى مدرسـته ولـم يخبـر بهـا أحـدكما أخبـره والـده، ذُهلـت لهـذا نـرجس؛ لأنهـا أول مـرة تسـمعه ولكن لم تقدر على الكلام.

طلـب جمـال منهمـا الحصـول علـى هـذا الملـف، فأعطـاه وليـد مفتاح البيت و العنوان ووصف له المكان.

خـرج جمـال سـريعًا بعـد أن شـكرهما وأغلـق البـاب خلفـه، اسـتوقفه عبـد الصـمد وقـال لـه إنـه يريـد أن يخبـره عـن أشـياء ربمـا تسـاعد سـيف لـم يخبـر بهـا أحـدًا؛ لأنـه لا يثـق بالداخليـة، لـذلك قـرر أن يخبـر جمـال بهـا، أخبـره حينمـا دخـل علـى سـيف ووجـده يقـول انتِ عايـزه منـي إيـه؟ وهـو ينـتفض مـن علـى كرسـيه، تـذكر جمـال هـذا اليـوم حـين كـان معطـف سـيف مقطوعًـا، وسـأل عبـد الصـمد مـن قبـل وأخبـره أنـه لـم يلمـس

سيف من الأساس، وأنه قبل أن يلمسه كان قد استفاق وكان يصرخ.

شكر عبد الصمد على معلوماته ورحل، وحين اقترب من باب المشفى وجد وليد خلفه وهو يهتف باسمه ويقول:

ـ هو بابا قتل البنت دي فعشان كده روحها بتنتقم؟

لم يدرِ جمال ماذا يقول، إنه لا يعرف شيئًا حتى الآن عن أي شيء؛ لذلك قرر أن يؤجل الجواب الآن، وقال له:

ـ محدش عارف حاجة يا وليد بس متقلقش اللي متأكد منه أنه مقتلش حد.

وخرج جمال من المشفى وقرر الذهاب إلى ياسين في الصباح بعد أن يستريح ليخبره بكل هذه المعلومات القيمة.

على الجانب الآخر، كان ياسين يجهز لكوب قهوته رقم ستة، وهو يبحث ويدون عن منزل علي علّام، وعن أي شيء فيه إلى أن توصل وعرف الرابط الزمني الأول الذي واجهه.

طرف رباط

ظل ياسين على طول الطريق شارد الذهن يُفكر فيما كان وفيما سيكون، لم يُرد أن يسأله جمال عن أي شيء حدث بداخل المنزل في هذا الوقت؛ لأنه ليس في مزاج جيد للمناقشة، وفعلًا التزم جمال بهذا، ولم يتكلم على طول الطريق إلى أن وصلا إلى منزل ياسين، صعد ياسين وذهب جمال إلى المشفى لمتابعة حالة زوجة سيف.

جهـز قهوتـه وبـدأ يـربط الأحـداث ببعضهـا، قـرر أنـه سـيبدأ بـالزمن الأول الـذي اصطحبتـه ابنتـه فيـه، كـان يشـبه العصـر الڤيكتـورى كثيـرًا؛ لأن اللوحـات كانـت تحمـل طابـع الحـب وهـذا العصـر كـان يتميـز بالرومانسـية، وبالفعـل بـدأ بالبحـث عـن اللوحـات المميـزة والثمينـة بهـذا العصـر وطابقهـا بمـا رآه فـي المنـزل، وتوصـل إلـى أن العصـر كـان فعـلًا العصـر الڤيكتوري.

بـدأ بالبحـث عـن علي عـلّام أو منـزل علـي عـلّام؛ لـم تُثمـر محركـات البحـث بالفائـدة المرجـوة؛ حيـث ظهـر لـه الكثيـر ممـن يحملـون الاسـم؛ فقـرر فـي هـذه اللحظـة أن يقـوم بحركـة ذكيـة، ويبحـث بعنـوان المكـان وحيـن فعـل هـذا وأدخـل عنـوان المنـزل علـى نظـام تحديـد المواقـع، وجـد أن المنـزل كـان بالفعـل موجـودًا فـي أيـام العصـر الڤيكتـوري، ولكـن كـان مُسـمى باسـم الكـونتس فيرچينيـا، وأنهـا كانـت متزوجـة مـن شـاعر يُلقـب علـي عـلّام، كـانوا يهيمـون بالحـب كثيـرًا، كـان علـي عـلّام شـديد التعلـق بالسـيدة فيرچينيا وأحبهـا حبًّا جمًّا إلـى أن جـاء موعـد وفاتهـا وحضـر ملـك المـوت وفـرق بينهمـا. بعـد موتهـا بسـنة نُقـل علـي عـلّام إلـى مشـفى الأمـراض العقليـة، وهنـا كانـت المفاجـأة؛ لأن المشـفى التـي نُقِـل إليهـا هـي مشـفى الرائـد سـيف والأغـرب مـن هـذا أنهـا نفـس الغرفـة غرفـة 44!! مـا هـذا العبـث الـذي يحـدث؟ لا يمكـن أن يكـون كـل هـذا صـدفة، مـن المسـتحيل أن يكـون هنـاك رابـط بيـن سـيف والأزمنـة الثلاثـة، ولكـن لـم يُكتـب أي شـيء آخـر عـن المنـزل، ولكنـه تـذكر المشـعوذ والرجـل الآخـر الـذي كـان معـه فـي الغرفـة، كـان هـو علـي عـلّام، ولكـن لـم يُكتـب أي شـيء آخـر سـوى أن الرجل مات منتحرًا في غرفة المصحة!!!!

قطع شرودة اتصال جمال به وإخباره بمقابلته بعد ساعة في الكافيه حتى يخبره بالمعلومات التي توصَّل إليها من زوجة سيف، حين نظر إلى ساعته وجد أنه أثناء مطالعته لكل هذه المعلومات قد كسر أكثر من تسع ساعات وهو مستيقظ، فقام واستحم ثم جهز للنزول.

حين وصل إلى الكافيه كان أول الواصلين، ليس على الطاولة فقط بل المكان كله، جلس في مكانة المُعتاد وشرب مشروبه المُعتاد، ومن ثم شرد في ذهول يحاول ربط الأحداث ببعضها، أدار ظهره ووقعت عيناه على السقف، فكان يوجد به كاميرا؛ فسعد كثيرًا؛ فربما هذه الكاميرا تحل له مشاكل أخرى كانت لديه، ولكنه وضعها على جانب لحين حل قضية سيف، وهي قضية الفتاة التي لحقها قبل حادثته، لربما يتوصل لحل ولكنه لم يقدر لأنه أمام الناس لا يُبصر لذلك فلا يمكنه السؤال!.

أثناء تفكيره وصل جمال وجلس أمام ياسين، ظل الصمت هو سيد الموقف الى أن امتد لخمس دقائق، كان جمال فيها يأكل أظافره ويقوم بتحريك قدمه بهيستريا ثم قال:

دلوقت إحنا في مركب واحدة، وأنا هحكيلك على كل حاجة حصلت من أول القضية.

بدأ جمال يقص القصة كاملة لأول مرة، وقام بإخباره عن موضوع زوجة سيف وابنه؛ لم يستغرب ياسين كثيرًا؛ فلقد شاهد ماهو أسوأ من هذا منذ وقت ليس بكثير داخل البيت الملعون، أفضى ياسين بما لديه لجمال هو الأخر عما حدث من تطورات وبما توصل إليه في موضوع البيت هذا وعن قصة الغرفة المشتركة، ورؤيته الجثة عن طريق ابنته، وسيف، والرسالة، وحبسه وكل ما مرَّ به، لم يجد أي رد

فعـل مـن جمـال سـوى أن أبقـى فمـه مفتوحًـا، وازداد تـوتره وحرك أقدامه بسرعة أكبر وقال:

- يكـاد يكـون الموضـوع كلـه مترتـب ومفهـوش غلطـة وأكيـد الملعونة دي بتخلينا نمشي في خط سير هي اللي هي عايزاه.

- مظبوط.

- ودلوقت هنعمل ايه؟

- هنمشي حسب الخطة اللي هي حطاها مقدامناش غير كدة.

- ودلوقـت المفـروض نـدور عـن أي حاجـة خاصـة بعلـي عـلَّام ده أثنـاء وجـوده بالمستشفى عشـان نعـرف الموضـوع اللي انـت قولتـه أو شـوفته وبرضـه الرسـالة دي لأنهـا مهمـة، ونربط الأحداث وبعد كدة ننتقل للزمن التاني.

ابتسم ياسين ابتسامة بسيطة ثم قال:

- مظبوط.

وقبل أن يتكلم جمال أو يفتح فمه باغته ياسين:

- في موضوع تاني خاص بيا كنت عايز أكلمك فيه.

بـدأ يحكـي مـا مـرَّ بـه مـن لقـاء الفتـاة قبـل الحادثـة وكلامهـا غيـر المفهـوم، وطلـب مـن جمـال أن يُفـرغ الكـاميرات حتـى يتوصـل لحـل، ابتسـم جمـال ووافـق؛ لأنـه كـان يعلم مـن البدايـة أنـه يكـذب في أمر الحادثة.

قـام جمـال بإشـهار بطاقتـه إلـى المـدير، وكانـت خمـس دقـائق فقـط كفيلـة بـأن يقومـوا بتفريـغ الكـاميرات، ومعرفـة موعـد الحادثة ومن ثم بدأ بتشغيل الشريط.

لكـن مـا هـذا العبـث الـذي يحـدث؟ أعـادوا تكـرار الشـريط مـرة واثنـين وثلاثـة ولكـن كـل مـا كـان يحتـوى عليـه الفيـديو هـو ياسـين فقـط وهـو يُبـدي إشـارات ويكلـم الهـواء، لا يوجـد أحـد بالفيـديو أو يجلـس علـى الطاولـة غيـره، تحـرك ياسـين فـي الفيـديو وخـرج مـن البـاب وهـو يجـري خلـف الهـواء، لـم يتمالـك نفسه ظل يصرخ:

-إزاي؟ إزاي؟ كان فيه واحدة قاعدة يا جمال وبتتكلم.

ومـن ثـم صـرخ بالمـدير وأعطـاه تـاريخ المـرة الأولـى التـي قابلهـا فيهـا و حادثتـه مـع الجرسـون، ولكـن كـان مثـل الفيـديو السـابق تمامًـا، يظهـر ياسـين وهـو يتحـدث إلـى الهـواء ولا يوجد سوى الهواء.

لـم يقـدر ياسـين علـى الكـلام، قـام بوضـع يـده علـى رأسـه فقـط، ومـن ثـم نظـر إلـى جمـال وكانـت نظرتهـم همـا الاثنـان تـوحي بشـيء واحـد وهـو أن هـذا أيضًـا مـن ضـمن الخطـة التـي وضعتها هذه الملعونة.

وبعـد أن خرجـا مـن المكـان، وكـان الـذهول يعتـريهم ويضـرب ياسين كلتا يديه برأسه ويكرر:

-إزاي؟ إزاي؟

فـي هـذه اللحظـة وصـلت مكالمـة لجمـال بـرقم مجهـول، وحـين أجاب سمع.

معـاك الطبيـب علــي محمـد مـن مشـفى الأمـراض العقليـة، أنـا اللي دخلتكم تشوفوا حالة الظابط ده

خير

مفيـش خيـر، سـيف ماسـك ممرضـة وحـاطط مشـرط حـوالين رقبتهـا وطالـب يشـوف واحـد ضـروري اسـمه ياسـين وإلا هيموتها!!!!!!

بالسرعة القصوى

كانـا يُهـرولان بسـرعة كبيـرة فـي طرقـات المشـفى بعـد سـماع المكالمـة؛ لخـوفهم ممـا يمكـن أن يجـرؤ عليـه سـيف فـي هـذه الحالـة، دخـل جمـال وياسـين الحجـرة خلـف الـدكتور ووجدا سـيف وهـو واضـع مشـرط علــى عنـق الممرضـة مثلمـا أخبـرهم الطبيـب، كانـت الممرضـة فـي هـذه الحالـة كطفلـة صغيـرة مـن شـدة البكـاء وهـو جامـد كالصـنم لا يتـأثر بـأي شـيء. رأى سـيف ياسين فابتسم وقال:

ـ أهلًا هلا!

ثم تابع:

ـ كله يخرج برة وإلا هموتها.

بـدأ الجميـع بـالخروج إلا ياسـين ظـل واقفًـا؛ لأنـه يعلـم أن هـذا الأمـر لا يشـتمله. أشـار ياسـين إلــى جمـال بـالخروج ومعـه الطبيـب، وظـل كـل مـن ياسـين، وسـيف، والممرضـة، والمشـرط بالمكـان. الممرضـة تبكـي وسـيف يزيـد مـن ابتسـامته إلــى أن فقـدت السـيطرة علــى نفسـها وسـقطت مغشـيًا عليهـا، حـاول ياسـين أن يلحـق بهـا، ولكـن بادره سـيف قائلًا:

ـ ما كسبتش برضه يا ياسين ما كسبتش.

ـ سيف اهدى أنت فاهم حاجات كتير غلط.

ـ كـل حاجـة صـح فاهمهـا، أنـت الغـلط الوحيـد هنـا، أنـت فـاكر أنـك كـده قضيـت عليـا أنـا لسـه زي ماأنـا ومـش هطـول هنـا ولمـا أطلع هتعرف.

ـ سيف أنا لا يمكن أعمل حاجة تأذيك.

ـ لا يمكـن بعـد اللـي أنـت شـوفته زمـان مـن تعـذيب تقـدر تعمـل كدة وبتردها بس بتردها غلط.

ـ يعني أنت شايف أنك أذتني زمان وأنا بردهالك؟

كـان سـؤال ذو معنيـين مـن ياسـين إلـى سـيف، الأول يتعجـب لاعتـراف صـديقه بأذيتـه، والثـاني يسـتنكر مـا يلفقـه لـه سـيف في هذا الوقت.

شعر سيف بالانزعاج من هذا السؤال، ولكنه تابع:

ـ مش هتعترف برضه؟

ـ لسه مُصر برضه.

ـ اعترف.

ـ ما عملتش حاجة.

ـ لا عملت واعترف.

ـ مش هعترف بحاجة ما عملتهاش!

الصـراخ يتعـالى بيـنهم فـي أرجـاء الغرفـة، سـيف يطالبـه بـالاعتراف وياسـين يسـتنكر الموضـوع؛ حتـى اشتد الأمـر وقـام سـيف بوضـع المشـرط علـى عنـق الممرضـة المَغشـي عليهـا، وبـدأ بغرسـه بـبطء حتى تسـاقط مـن رقبتهـا قطـرات دم قليلة وهو يردد:

- اعترف بدل ما تموت وهي ما عملتش حاجة زي سارة.

عنـدما سـمع ياسـين هـذا؛ ظـل يصـرخ فـي شـتى المكـان لسـيف، ويطلب منه أن يكف عن هذا وسيف يردد:

- مسكينة سارة هتلحقها واحده تانية بسببك يا ياسين.

صرخ سيف وقال:

- اعترف يا ياسين اعترف!

ظـل يرددهـا علـى مسـامعه كثيـرًا الـى أن سـقط ياسـين علـى الأرض، وبعـد قطـرات دم بـدأت تتنـاثر مـن عنـق الممرضـة ووسط كل هذا الضغط، قام بالصراخ وقال:

- أيوه أنا اللي قتلته!

هدأ روع سيف ثم ابتسم وأبعد المشرط عن عنق الفتاة وقال:

- أخيـرًا يـا ياسـين أخيـرًا، كنـت عـارف أنـي صـح زي كـل مـرة و دلوقـت خطتـك فشـلت وده الطبيعـي لأنـك معـرفتش تحكـم إغلاقهـا كـويس والجملـة الفاشـلة اللـي رددتوهـا عليـا أنـت وأخو الملعونة اللي باعتينهالي.

قام ياسين من مجلسه بعد انهياره، وقال:

سيف كل ده مش صح أنت بتتخيل، افتكر أول مرة لما جتلي البيت بعد زمن، لما جتلي قولتلي حصل حاجات غريبة الفترة الأخيرة خلتني أفكر فيك افتكر يا سيف.

مش مهم كل ده، المهم انك اعترفت أني كنت صح ولما أخرج من هنا هشوفك بعيني وأنت بتتشنق.

مش مهم، قولي ياسيف حصل معاك إيه الفترة الأخيرة؟ أنا اعترفتلك باللي أنت عايزه.

الغريب في الأمر أن سيف شرد فترة، ثم تذكر وبدأ في البكاء والنواح مثل طفل صغير، ثم قص عليه قصة أحمر الشفاه والجملة المشتركة التي قالها ياسين ومحمد أخو الجثة الملعونة، وقصة حرق المعطف، والحلم الغريب الذي رآه وحرق معطفه بعدها، ومن ثم انتقال الرسالة في جيبه طوال الوقت بدون أن يضعها وكل هذا...

عندما انتهى من البكاء والفضفضة رفع المشرط، ثم هجم على ياسين؛ ظل ياسين يصرخ إلى أن دخل الأمن وأخرجوه هو والممرضة، وقاموا بإسعافها سريعًا، ولحسن حظه أنها لم تمُت وجروحها سطحية، ثم تم حقن سيف بالمهدئ ولكن قبل أن يذهب، صرخ في هدوء وقال:

-الرسالة الرسالة الرسالة.

ثم انقطع الصوت!

حينما اتجها إلى غرفة الطبيب المسؤول، ظل كل واحد منهم في عالمه، جمال والطبيب يتشاجران على كيفية دخول مشرط أو سرقته هكذا، واشتد الأمر بينهما، ولكن على الجانب الآخر كان ياسين يجلس هادئًا، فكلما تذكر ابنته

يتذكر أيامه السوداء. انتفض ياسين من مكانه ووقف سريعًا حين تذكر اعترافه، لم يكن الخوف من سيف ولكن من الكاميرات، إذا كان هناك كاميرات في غرفة سيف؛ فإنها ستكون نهاية ياسين لا محالة، لذا بادر بالسؤال سريعًا:

- غرفة سيف بها كاميرات مراقبة ولا لا؟

تلعثم الطبيب في النطق قليلًا ثم قال:

- للأسف مفيهاش!

لم يُكمل ياسين حديثه، ولكن هدئ روعه قليلًا، ثم بكل ذكاء باغت جمال بسؤال ضرب عصفورين بحجر كما يقولون:

- أنا عايز أعرف السجل السكن الغرفة 44 قبل سيف.

- دي سجلات مش هقدر أطلعها.

اندهش ياسين من السؤال، ولكن سرعان ما فهم الوضع وابتسم ونظر لجمال الذي بدوره قال:

- شرط مع مريض، مفيش كاميرات مراقبة، وممرضة مصابة أنت عارف كل ده يوديك فين؟

- بدأ الطبيب بالاضطراب والخوف وقال:

- مش هقدر أطلعلك السجلات هتعرض للمسألة القانونية!

- إحنا مش عايزين كل حاجة إحنا عايزين سجل واحد بس لواحد اسمه علي علّام.

ظـل جمـال يضـغط علـى الطبيب إلـى أن وافـق، وأخبـرهم بالانتظـار وغـاب لمـدة نصـف سـاعة، ثـم جـاء بملف كُتـب عليـه علي علّام، أخذه ياسين وجمال ثم انطلقا سريعًا.

اتجهـا إلـى مكانهمـا المعتـاد الشـاهد علـى اجتماعاتهمـا، ظـلًّا يتشـاوران، ومـن ثُـمَّ بـدأ ياسـين بإخبـار جمـال بكـل شـيء حـدث داخـل الغرفـة عـدا موضـوع الاعتـراف؛ لقـد فضَّـل أن يطمسـه عن الأعين، فقال جمال:

- كـدة معانـا مفتـاح شـقة سـيف ومعانـا ملـف علـي علّام ودلوقـت محتاجين نعرف حوار الرسالة دي ونعرف هنجيبها منين.

قـال ياسـين فجـأة ودون انتبـاه لمـا يقولـه جمـال مـن الأسـاس بعـد شرود وتفكير:

- زى مـا أنـت قولـت يـا جمـال إن مفيـش حاجـة بتحصـل صدفـة عنـدك حـق و أن حـادثتي وحادثـة سـيف حصـلت فـي نفـس اليـوم أكيـد مـش صدفـة وقصـة الكاميـرات دي أكيـد محصـلتش كـده أو أنـي بتخيـل البنـت اللـي كانـت موجـودة مكانـك هنـا واللـي اعتقـده أنهـا أدتنـي خـط أمشـى عليـه أو خطيـن؛ أول حاجـة قـالتلي أنهـا بتـروح لـدكتور نفسـانى وأن عنـدها جلسـة وتـاني حاجـة الطـرف التـاني بيحـب عصيـر البطيـخ، وأخيـرًا وليـس آخـرًا نـادت اسـم سـاهر وقالـت أنـا متـوقعتش أنـك تبقـى معـاهم، أعتقـد يـا جمـال أن اللـي احنـا شـوفناه أو اللـي أنـا شـوفته هـو عبـارة عـن فـلاش بـاك لحـدث حصـل هنـا بـس بزمن تـاني و أن البنت اللي ماتت دي هي نفس البنت صاحبة الحدث ده!

ظـل جمـال صامتًا مـن وقـع الكـلام، إنـه كـلام لـم يخطـر علـى بالـه قـط هـو ضـابط الشـرطة، ولكنـه كـان كلامًـا منطقيًـا جـدًّا، فتابع ياسين:

ـ إحنا لازم نـدور ورا ده كمـان، ناخـد الخطـوط دي ونـدور وراها وعشان نبقى أسرع لازم ننفصل.

فـاتفقوا علـى أن يـذهب جمـال إلـى شـقة سـيف، وأن ياسـين سوف يتقصى عن أماكن أطباء نفسيين قريبة من المكان.

الرسالة

اليـوم الثـاني علـى التـوالي بـدون أن ينطبـق جفنـاه علـى بعضـهما، ظـل يقـوم بمهمـات بحـث واستقصـاء عـن أطبـاء نفسـيين فـي محـيط الكافيـه. في بدايـة الأمـر بـدأ الموضـوع صعبًا، ومـن ثـم بـدأ بالاستبعاد إلـى أن وصـل إلـى ثلاثـة أسماء وهم:

الطبيب أحمد حميده.

الطبيب علي شاهين.

الطبيبة يارا أحمد.

وكـان لا بـد لـه مـن زيـارة الثلاثـة لمعرفـة أي شـيء مـنهم، كـان يعـرف عـادات الأطبـاء النفسـيين وكلامهـم السـاذج عـن خصوصـيات المـريض وعـدم الإبـاح بالتفاصـيل؛ فقـرر ياسـين التحـرك سـريعًا، استحم وارتـدى معطفه، شـرب قهوتـه، ارتـدى نظارتـه، وأخـذ عكـازه وحـين وقـف أمام المـرآة انعكـس شـعاع ضـوء مـن النافـذة علـى صـورة ابنتـه الموضـوعة علـى الكمـود، نظـر لهـا نظـرة طويلـة ثـم انهمـرت دمعـة مـن عينـه، فرحـل عـن المنـزل وهـو عاقـد العـزم ليـس علـى مسـاعدة صـديقه، ولكـن لعـلَّ مـا يفعلـه يجعـل ابنتـه تسامحه ......

في الطريق، كان يتذكر حديثه مع سيف البارحة في الغرفة، كان يعلم أن سيف لن يقتل الممرضة، بل هو فقط يريد إرهابه لمعرفة ما لديه، قد تعتقد أن سيف هو من ضغط على ياسين لمعرفة الأحداث ولكن في الحقيقة هو العكس، إن ياسين هو من ضغط على سيف، نُقل سيف إلى المصحة وهو يُعاني من حالة صدمة، ولا يزال في حالة صدمة، وسيف من الشخصيات النرجسية التي سوف تنبش وتبحث عن أي شيء تثبت به أنها ليست على خطأ حتى تعود له ثقته في نفسه مرة أخرى؛ ليتهم العالم كله أن العالم هو الذي في صدمة وليس هو، لذلك حين ضغط سيف على ياسين إن كان يعرف شيئًا من الماضي أعطاه ما يريد بقوله نعم حتى لو كان يكذب، ولكن بطريقة ذكية تدل على تأثره حتى هدئ سيف وظن أنه نجح وأنه كان على حق، ومن ثَمَّ استخدم ياسين ضغطًا معاكسًا، وعرف منه كل ما مرَّ به في الفترة الماضية، فهذه هي عيوب الشخصيات النرجسية، كان كل هذا محط ذكاء من ياسين، ولكن من حسن حظه أن الكاميرات لم تكن موجودة لتسجل أيضًا اعترافه الذي ربما قد يقضي عليه إذا كان صحيحًا أو باطلًا.

ظل ياسين يفكر في كلام سيف السابق كله، وقد حزن حين عرف أيضًا في الوقت الذي قابله سيف في بيته، وقال له ياسين بتحب تخبي تخبي الحقائق لماذا تركت أثرًا كبيرًا في نفس سيف؛ لأنه ليس أول من يخبره به فقد كُتبت على مرآة منزله، وقالها أخو القتيلة وباقي الأحداث التي عرفها وقالها أيضًا لجمال، وتذكر أيضًا حين ذهب سيف إلى منزله، وقال له أن يحافظ على ما لديه، ولكن ياسين لم يستطع، فتذكر ياسين كل هذا وسأل نفسه سؤالًا: لماذا يساعده؟

وكانت الإجابة أنـه يريد التكفير عـن ذنبـه لسارة وليس من أجل صديقه!.

ظل شارد الذهن إلى أن وصل إلى المكان الأول وهو عيادة الطبيبة يارا، حين استفسر عنها وجد أنها قد سافرت منذ سنتين ولم تَعُد بعد، فرح لهذا كثيرًا؛ فقد تم تقليص الاحتمالات.

اتجه إلى عيادة الطبيب أحمد، كانت عيادة هادئة على الطراز القديم، لم يكن يريد أن يكشف عنه الأنظار بسؤاله عن مريضه؛ لذا قرر أنه لن يسأل عن مرضى، ولكنه سيكون مريضًا ويستنبط أي شيء، عندما دخل إلى الطبيب أحمد وبدأ الطبيب في الأسئلة الروتينية المعتادة؛ تجاوب ياسين معه، ظل يقلب نظره بالغرفة للاستفادة بأي شيء، فلم يظفر بمعلومة واحدة مفيدة؛ فاستأذن وخرج سريعًا؛ لأن حَدثه يخبره أنه ليس الطبيب المنشود.

فتوجه إلى آخر أوراقه وهو الطبيب علي، كانت عيادته على النسق والطراز الحديث وهادئة، فقرر أنه سيفعل نفس الحيلة السابقة، فدخل إلى الطبيب وكان هادئ الطبع كثيرًا، ظل يقلب نظره بالغرفة، وساعد فقدان بصره الكاذب على رفع الشك والقلق عنه، كان يجيب على الأسئلة الروتينية إلى أن وصل إلى شيء غاية في الأهمية، حيث كان في ركن من الغرفة يوجد زهور صناعية بداخل هذه الزهور توجد كاميرا صغيرة تسجل صوتًا وصورة، ابتسم ياسين وأدرك أن ما يبحث عنه قد وجده، ويجب عليه الوصول إليه، فخرج من عند الطبيب وعلى هاتفه اتصال إلى الضابط جمال.

على الجانب الآخر، كان جمال قد ذهب إلى عنوان منزل سيف، وبعد إشهار بطاقته للبواب صعد إلى الشقة المنشودة، وذهب إلى المكتب الذي وصفه له وليد، ووصل إلى الملف المنشود، ملف قضية الفتاة المُنتحرة انتحارًا ليس له مثيل من قبل، قام بأخذ الملف واتجه إلى المرآة التي حدَّثاه عنها وليد وأمه في الغرفة، فوقف أمامها لا يدري لماذا، ولكنه وقف، صُعق حين وجد أن هناك كلمات بدأت تتشكل على المرآة، وكتبت جملة الرسالة، ظل التوتر يغلب جمال وكاد يفقد أعصابه في هذه اللحظة، لم يقدر على فعل أي شيء سوى الصراخ بداخله والجري للخروج من هذا المكان الملعون وبيده الملف إلى أن وصل إلى السيارة، وأخذ يتنفس بهدوء وعادت إليه أعصابه، وأدرك أنه بخير، نظر في الملف الذي وضعه بجانبه، ومن ثم نظر أمامه مرة أخرى، ولكن ما هذا؟ ما هذه الورقة القديمة التي يخرج منها جزء وشكلها ليس مثل الأخريات؟

فنظر للملف مرة أخرى، وأخرج الورقة وكان مكتوبًا بها:

أنا الآن على حافة الانهيار، لن يقدر أحد أن يمنعني من الفرار إلى الموت؛ لأنه هو سبيل الراحة الوحيد لدي، لن أجزم أن عائلتي هي من فعلت بي هذا حيث لا يوجد لدي دليل كافٍ ضدهم، ولكن أنا متأكدة من أن لهم يدًا حتى لو بسيطة في هذا، فمنذ وفاة أبي وأنا أصارع أشياء كثيرة وأهمها الجنون، لا أدري أحقًّا قد جُننت وسينتهي بي المطاف مثل ما انتهى بأمي أم هم من يفعلوا هذا بي، أرجو ممَّن تصله الرسالة أن يبحث عن الحقيقة ولا يتركني ميّتة دون راحة كما عِشْتُ من دون راحة.

بعد أن أنهى جمال القراءة، أدرك ما قد تغافل عنه سيف، وفهم معنى الذي رآه ياسين في الحلم في المنزل وهو

الحقيقـة، أراد في هـذه اللحظـة أن يـذهب إلـى وليـد ويُخبـره: نعـم يـا عزيـزي، فوالـدك قـد شـارك فـي القتـل حـين رفـض أن يقـول الحقيقـة مـن أجـل مطامعـه الشخصية، والـدك يـا عزيـزي وليـد قـد اتهمنـي بـالجنون والتخاريـف؛ لأنـه يريـد أن يُنهـي كـل هـذا مـن أجـل مطامعـه الشخصية؛ فوالـدك مجـرم يـا وليـد ويستحق كل ما يحدث له، ولكني سأستمر حتى أثبت أني على حق.

وظهـر رقـم مُتصـل علـى هـاتف جمـال، وكـان المتصـل هـو ياسين.

حقائق دفينة

صدق مـن قـال إنَّ الإنسـان هـو عبـارة عـن شخصـين يُقاومـا بعضـهما البـعض، كـل منهمـا لديـه رغبـات يريـد أن يخرجهـا، شخص يـدَّعي الحقيقـة، وآخـر يقـاوم لإظهـار الحقيقـة، وهـذه كانـت حالـة ياسين وجمال لقـد اجتمعـا الاثنـان علـى مساعدة سـيف، وهـذه هـي الصـورة الظـاهرة، ولكـن كـان هنـاك رغبـات دفينـة لا يعلمهـا إلا همـا، فياسـين يريـد أن يُكفِّـر عـن ذنوبـه، وجمـال يريـد أن يُثبـت حقيقـة أنـه لـيس مجنونًـا كمـا قـال سـيف، وكمـا سـماه كـل مـن بالداخليـة بالفتـاة التـي تخـاف مـن وحـش الخزانة، ولكنهم جميعًا تخفوا تحت ستار مساعدة سيف.

باغت ياسين جمال بعد رؤيته الرسالة:

ـكده معانا خيط تالت وهو العيلة.

ـوهل هنعرف ناخد منهم حاجة؟

ـكل مجرم زي ما بتقولوا يا جمال باشا بيسيب وراه خيط.

ـولو طلع إن عيلتها ملهاش دعوة.

- ماأعتقدش، مكانتش هتدلنا على الرسالة دي من الأساس.

توقَّف ياسين لحظة، وبسرعة قام بفتح الرسالة مرة أخرى، وقال لجمال:

- أو فعلًا ممكن ما يكونش عيلتها هي الهدف، ولكن جملة لا أدري حقًّا إن جُننت وسأنتهي مثل ما انتهت أمي هي دي الهدف ياجمال!

- هكلم حد في الداخلية أجيب ملفها، وأعرف إزاي انتهى مطاف أمها، المهم وصلت لحاجة من الدكتور النفسى ده؟

- لسة بس بليل هنعرف.

- بليل إزاي؟

- سيبها عليا دي، دلوقت لازم نعرف علي علَّام ده قصته إيه.

- الملف مفهوش أى حاجة مفيدة غير إنه مات منتحر بسبب الهلاوس، وكان بيكتب حاجات كتير على الحيطان ملهاش معنى وبيقول كلام ملهوش معنى.

- يعنى موصلناش لحاجة؟

- لا وصلنا، مكتوب في الملف الطبيب اللي كان مسئول عن حالته اسمه دكتور طلعت السيد، ولحسن حظنا لسة عايش بس بيودع، إحنا لازم نزوره ونفهم منه أي حاجة.

وبسرعة شديدة توجها نحو العنوان الذي جهزه جمال، كان من المعتقد أن يبلغ سن الطبيب أكثر من ثمانين عامًا بسبب البُعد الكبير في الأحداث؛ حيث وقعت الحادثة في نهاية العصر الثيكتوري، وكان الطبيب صغير السن حينها، وهو

المشرف على هذه الحالة، ولربما يستطيعان أن يستخلصا منه بعض المعلومات.

كانت المنطقة التي يسكنها الطبيب قديمة جدًّا، وبصعوبة استطاعا أن يصلا إلى المكان المذكور، طلبا من زوجة الطبيب أن يُجروا معه مقابلة سريعة لسؤاله عن شيء مهم ولن يُطيلا، وبعد صعوبة كبيرة وإخبارها وإخبار الطبيب عن قضية سيف وما يحدث معه وفائدة مساعدتهم لهم؛ وافقوا ولكن لن يُطيلا جلستهم، فقال جمال:

ـكنا عايزين نسألك عن حالة قديمة ليك اسمها علي علّام!

صُعق الرجل كثيرًا، وجحظت عيناه حينما تذكر، ظل صامتًا لم يتكلم، كان يبدو عليه علامات الإعياء الشديد وبعد قرابة الخمس دقائق انهمرت دمعة من عينيه وقال:

ـأول حالة ليا اشتغلت عليها، كنت لسة دكتور جديد وأدوني الحالة دي، تعرضه للصدمة بعد فقدان زوجته ده اللي كان بيتقال، بس الحقيقة مكانتش كدة خالص الراجل ده شيب المكان كله بدري لأنه كان بيحصل حاجات غريبة في الاوضة بتاعته بليل ولما كنا بنحاول نخشله الباب ما كانش بيتفتح خالص، وكأنه حيطة من الصلب، كان دايمًا بيطلب ورق وأقلام وكان بيكتب كلمات غريبة ورسومات غريبة ولما مردناش نديله، في مرة فضل يحفر على الحيطان بترانيم وكلمات غريبة وكان دايمًا يكرر جملة مش هي مش هي حبيبتى دي لعنة مسكتها المشعوذ هو السبب ومحدش فينا كان فاهم مين ولا إيه ولا عارف حاجة بس كنا بنتبع سيكولوجية التعامل مع الحالات دي وفضل يردد كلمات غريبة، ترانيم غريبة ويكرر نفس الجملة اللي قولتهالكم دي لحد ما في يوم لقيناه مشنوق وسايب رسالة!

بادره جمال وياسين في نفس اللحظة:

ـ رسالة إيه؟

ـ هقوم أجبهالكم كم ثواني.

تحـرك الرجـل مـن مكانـه ببطء شديد لكِبـر سنـه، وقـاوم نفسـه وذهـب إلـى الخزانـة، وأخـرج ورقـة ثـم أعطاهـا لجمـال، بـدأ جمال بقراءتها:

لقـد حاولـت كثيـرًا يـا عزيزتـي فيرجينيـا أن أعيـدك وأخـالف أحكـام الحيـاة والإلـه، ولكنـى لـم اقـدر، لقـد أعـدت وحشًـا مكانـك سكـن المنـزل وسكـن حياتـي، لقـد جُـنَّ جنـوني يـا عزيزتـي، لقـد تعبـت مـن الحيـاة مـن بعـدك، أصبَحَت مُرهقـة كثيـرًا، فأنـا مـن حـاول كثيـرًا، ولكـن دون فائـدة، لـذا قـررت أن أنهـي هـذه المعانـاة وهـذا البـؤس، ولعـل الإلـه يُسـامحني علـى فِعلتـي هـذه بسبب ما تعرضت له من بعدك

ثم تابع الطبيب:

ـ لقينـاه مشنـوق بفـرش السـرير وميـت، اتحفظـت المستشفـى كثيـرًا علـى الحادثـة دي بسبب الحاجـات اللـي كـان بيعملهـا ومحدش كـان مقتنـع بيهـا كـل ماحـد قـال فينـا حاجـة عـن كيانـات شيطانية اتهموه بالجنون وكانوا بيعزلوه من شغلته.

شعر جمال بالضيق فأشاح بوجهه، وتابع الطبيب:

ـ بعـد مـا مـات واتـدفن كـان المفـروض ننضـف الغرفـة، وإحنـا بننضفهـا ظهـرت الرسـالة دي، كانـت محطوطـة مـع صـورة مراتـه، فخـدتها وقـررت الاحتفـاظ بيهـا عشـان عـارف إن محـدش هيهتـم بيهـا ومسيـرها تتنكـر وتتعـزل زي البنـى آدمـين اللـي كـانوا موجـودين، بعـد كـدة زي أي شـاب قـررت أن أنـا

اللـي هوصـل للحقيقـة دي وأتصـرف ولكـن واجهنـي الفشـل إنـي أعـرف أي حاجـة لحـد مـا جتلـي جـرأة واتوجهـت للبيت ذات نفسـه حاولـت أعـرف أي حاجـة مـن هنـاك لكـن محدش فادني، وبعـد مـدة عرفـت إن النـاس كلهـا بقـت بتمشـي مـن البيت لأن بيحصـل فيـه حاجـات غريبـة بالليـل وبيسـمعوا صـوت واحـدة بتصـرخ وبتـردد جمـل زي: دايـرة مقفولـة، والخـروج مـش منقـذ، أنـت لسـة جـوه وحاجـات مـن دي كتيـر بـس بصـوت مرعـب حتـى البيـوت المجـاورة علـى بعـد مسـافات كبيـرة سابوا البيـت ومشـيو ومتبقـاش حـد هنـاك فقـررت أنـي أنـا كمان أتخلـى عـن القضيـة لحيـن ظهـور أي حاجـة تانيـة بـس متوقعتش أن هتجيلي المساعدة وأنا في السن ده.

بـدأ بالبكـاء فقـام ياسـين وجمـال بتهدأتـه، همَّـا بالرحيـل ولكـن قبل أن يرحلا قال لهم الطبيب:

ـ اكشفوا الحقيقة انتوا عارفين اللي بيخبي الحقيقة عقابه ايه؟

ارتعب جمـال وياسـين مـن هـذه الجملـة، ثـم اقتـرب ياسـين مـن الرجل وقال له:

ـ أنت جبت الكلام ده منين؟

ظـل يكررهـا علـى مسـامعه والرجـل مبتسـم ولا يتحـرك، حتى جذبـه ياسـين مـن ياقـة قميصـه ولا يـزال مبتسـمًا حتـى جـاءت زوجتـه وأخرجتهم مـن المنـزل، وظـل ياسـين وجمـال شـاردي الـذهن لا يتحـدثان، لا يـدريان مـا هـذا العبـث، ولكنهمـا فضَّـلا الصمـود إلـى النهايـة؛ لأنهمـا يعلمـان أن هـذا كلـه مـن صنـع الملعونـة لتـذكيرهما بمـا حـدث لصـديقهما، لـذلك سـوف يستمران.

حينمـا انتهـوا ظهـر علـى شاشـة هاتـف ياسـين رقـم متصـل كـان سائقه يخبره بـ:

تمـام يـا كبيـر الهـارد عنـدك جـوة البيـت وكـل حاجـة فـي مكانهـا ومحدش هيعرف حاجة.

أغلـق ياسـين الخـط، فهـو معجـب بهـذا الفتـى كثيـرًا لتكفلـه بالمهـام دون حديـث، ثـم أخبـر جمـال بسـرقتهم نسـخة مـن داتـا الكـاميرا الخفيـة، لـم يُعجـب بـالفكرة ولكنـه قَبِـل بهـا فـي النهايـة؛ فالضـرورات تبيـح المحظـورات حتـى ولـو كنـت ضـابط شـرطة. اتجهـا إلـى منـزل ياسـين حتـى يَريَـا مـاذا تُخفـي لهمـا الكاميرات وما يُخفيه الدهر من مشقة.

العائلة

قـد لا تـرى الفـرح علـى وجهيهمـا، ولكنـه بـداخلهما يـزداد كلمـا اقتربـا أكثـر، وفـي هـذه الحالـة كانـا قـد اقتربـا مـن إنهـاء كـل مـا يحـدث، بعـد معرفـة أخبـار علـي عـلّام هـذا مـن الطبيـب، تمكـن ياسـين أخيـرًا مـن ربـط ومعرفـة أحـداث الفاصـل الزمنـي الأول، كـان علـي عـلّام شـديد التعلـق بالسـيدة؛ لـذا أراد أن يسـترد روحهـا بطريقـة السـحر السـفلي، لكـن! انقلـب السـحر علـى السـاحر وتحولـت الجثـة إلـى لعنـة، والبيـت إلـى كهـف ملعـون، وطاردتـه اللعنـة حتـى وهـو فـي زنـزانتـه الطبيـة؛ حتـى جعلـت روحـه تفـارق جسـده، وظـل البيـت هـذا سـرًّا لا يقتـرب منـه أحـد ولا يجـرؤ علـى هـذا أحـد، والآن يجـب عليهمـا معرفـة الفاصـل الزمنـي الثـاني، وهـي السـيدة التـي توفَّـت فـي غرفـة الطبـخ وكـان زوجهـا يبكـي بجانبهـا، ومـر بخـاطرهم أمـر مـا، هـل مـن الممكـن أن تكـون هـذه السـيدة هـي والـدة نـور؟؟؟ إنهمـا لا يعرفان، ولكنهما في طريقهما أن يعرفا!.

اليوم الثالث على التوالي، لم تذق فيها عينا ياسين النوم، ظل يُعيد شريط الفيديوهات ويتابع كل جلساتها، ولم يظفر بأي شيء سوى أنها كانت تعتقد أن أهلها هم السبب في هذا بعد موت أبيها، وإن والدتها جُنت أيضًا قبل موتها، ولكنها كانت مُتحفظة جدًّا بعدم الحديث عنها، وعن أي شيء خاص بها وكل هذا لم يكن بالمهم، لكن المهم كان في جلستها الأخيرة، حيث قالت لطبيب إنها تظن أن صديقها أيضًا له علاقة بهذا وهو متفق معهم، كان هذا كل ما قد ظفر به ياسين وجمال، وحينما انتهى ياسين نظر بجانبه، وقال بلهجة المنكسر:

ـ مفيش حاجة!

ولكنه فوجئ عندما لم يجد جمال بجانبه، ظل ينظر حوله لم يجده، خرج من الغرفة ووجد جمال ينظر إلى الصورة التي تجمع بين سارة وسيف وياسين، فابتسم ياسين ثم قال:

ـ جميلة صح؟

لم يرد جمال اكتفى بالتبسُّم ووضع الصورة موضعها، وقال:

ـ وصلنا لحاجة؟

ـ لا، البنت عندها تحفظ كبير إنها متقولش أي حاجة عن أمها.

ـ هنضطر نعتمد على التقرير اللي بحاول أجيبه.

ـ بس في حاجة هي قالت إن ساهر ده حاسة إنه متفق مع أهلها، نقدر نوصل لساهر ده؟

ـ معناش صورة ولا اسم عيلة ولا أي حاجة ما اعتقدش!

لكن باغته ياسين سريعًا: بس معانا كاميرات!

لم يفهم جمال ماذا يقصد ياسين، فشرع ياسين يشرح له:

الجلسة الأخيرة في الفيديو كانت بتتكلم عن ساهر ده، ولما كانت معايا اتكلمت على ساهر ده، فربما يكون التاريخ ده هو تاريخ لقائها مع ساهر الأخير ومن خلال كاميرات الكافيه نقدر نتأكد.

تعجب جمال للفكرة كثيرًا، ولكنه رضي بها ووافق، قبل أن يهموا بالمغادرة وصل اتصال هاتفي لجمال من صديقه يخبره فيه عن وصوله لملف والدة نور، والذي توصلوا له بعد مشقة وتحفظ، ومن خلال الملف عرف جمال أن والدة نور ماتت بنفس الطريقة التي ماتت بها نور؛ في غرفة الطبخ باختناق ومنع دخول الأكسجين من خلال يديها، وزوجها أحمد إبراهيم من كبراء البلد، فحاول بشتى الطرق أن يُخفي هذه الفضيحة، زوجته قد ماتت مُنتحرة؛ لذا قام بتزوير موتها، وقيل إنها ماتت بسبب مشاكل في القلب، ثم غادر منزل علي علّام هو وأولاده الخمسة، وسكن منزلًا آخر، و طويت القصة عن الصحافة والإعلام، ودُفنت في أقصى بقاع الأرض، ولم يَعُد يتذكرها أو ينطق بها أحد و اعتُبر سبب موتها سكتة قلبية.

تابع ياسين:

-كده نقدر نقول وصلنا للفاصل الزمني التاني وهي أم نور وباعتقادي أنا أنها ماتت بسبب الهلاوس اللي كانت في البيت خلتها تتجن وبعد كده قررت تنتحر!

-بالظبط وكده يتبقى معانا الفاصل الزمني الأخير وهو نور وعيلتها!

شكر جمال صديقه الذي أرسل له الملف ووعده أنه لن يُخبر أحدًا به، كان صديقه هو الطبيب الشرعي المسؤول عن حادثة والدة نور بغض النظر عن فارق سنهم؛ لذا أرسل له معلومات صحيحة ومؤكدة، شعر جمال حينها بالغرابة، صديقه هذا يكبره بأعوام كثيرة، فقد عرفه من قضايا أخرى مختلفة، ولكن هل هي صدفة أن يكون هو من عاين جثة والدة نور؟ لم يعد جمال يستبعد شيئًا وقرر المُضي قدمًا.

توجه ياسين وجمال إلى الكافيه، قاما بتفريغ الكاميرات ومطابقتها؛ فظهر على الشاشة نور ومعها شخص من المفترض أنه هو ساهر، تأكد ياسين من فكرته أن ما حصل فعلًا هو تكرار حادث زمني حدث في الماضي، لكن الفتاة أعادت تكراره عليه، وكان عصير البطيخ هو ما وقع نظر ياسين عليه فابتسم، أخذ جمال شريط الفيديو وأرسل صورة ساهر إلى صديقه حتى يأتي له بمعلومات عنه ثم غادرا المكان.

كان بداخل ياسين يعلم أنَّ شريط الفيديو لو فُتح قبله بأسبوع، لكان قد وصل إلى أول يوم التقاها فيه وحادثته مع الجرسون، ولكنه لم يُرد لأنه بدون فائدة؛ حيث إن الفتاة كانت تقوده إلى ساهر هذا وليس شيء آخر!!!!!

قررا التوجه إلى بيت نور أو قصرها الذي كانت تقطن به والدردشة قليلًا مع أهل البيت، حينما وصلا رحب بهما أهل البيت واستقبلوهما أفضل استقبال، أخبرهم جمال بأنه ضابط ويريد معرفة أي شيء لمساعدتهم؛ فرحبوا ولم يعترضوا.

جلس جمال ومعه ياسين في ضيافة القصر بانتظار أن يخرج إليهما محمد الأخ الكبير كما أخبرتهم الخادمة، بعد

وقــت قصيــر جــاء محمــد و ألقــى التحيــة وجلــس مــع جمــال، باشــره جمــال برغبتــه ثــم طلــب ياســين أن يصعــد إلــى غرفــة نور، فوافق محمد وأرسل معه خادمة حتى تساعده.

حينمــا صعــد الطابــق الأول ومشــى فــي ردهــة طويلــة حتــى وصــل إلــى الغرفــة المُشــار إليهــا ومعــه الخادمــة، دلــف إلــى الغرفــة، كانــت غرفــة بســيطة خاليــة مــن أي شــيء يُثيــر الريبــة، ولكن ما لفت نظره وجود عطر من نوع

Little black dress

ابتســم ياســين لهــذا الخــاطر كثيــرًا، وعــرف أنــه علــى الطريــق الصحيــح، خــرج مــن الغرفــة بعدما لــم يجــد شــيئًا، ظــل يتفحص القصــر بعينيــه بحثًــا عــن شــيء، لــم يخبــرهم أنــه لا يبصــر أو أنــه يكــذب؛ ممــا جعلــه فــي نظــرهم إنسانًا طبيعيًّا ومحقِّقًا مــع جمــال أيضًا.

أخــذ يــتفحص القصــر بعينيــه إلــى أن وقعــت عينــاه علــى صــورة فــي الردهــة لــم يلحظهــا مــن قبــل، صــورة ظــل واقفًــا أمامهــا، جعلــت عقلــه يغلــي وقدمــه لا تســتطيع حملــه، صــورة قامــت باســترجاع كــل آلامــه وكــل شــيء كــان مُتعلِّقًــا بــه فــي الماضــي، ظــل فــي هــذه اللحظــة يســمع جملــة الســيدة العجــوز فــي أذنــه تتردد عليه، وهي:

ـ قريب هتخسر أعز ما تملك جزاء للي بتعمله.

لــم يقــدر علــى فعــل شــيء فــي هــذه اللحظــة ســوى الهــرب مــن المكان وترك جمال خلفه!

الماضي

كان كل من بالمشفى يسمع صوت صراخه وترديده بـ:

[110]

ـسارة يا عزيزتي ماذا فعلت بكِ؟

لا يوجد بقعة بجسده لم يُعطَ فيها حقنة مُهدئ، ظل ياسين هكـذا كلمـا عـاد إلـى وعيـه، يصـرخ ويقـوم الطبيب أو الممرضة بإعطائه حقنة مُهدِّئة حتى استقر وضعه بعد أسبوع، وظـل رقيـد المشفى لا يتحرك لا يتكلم لا يأكـل، لـم يـأتِ أحـد لرؤيتـه أو لزيارتـه سـوى صديقه سيف علـى فترات مُتقطعـة، وهـذه العجـوز التـي جـاءت إلـى المشفى وعلـى وجهها ابتسامة لزجة، لتقول له:

أنـا حـذرتك وأنت مـا سمعتش الكـلام، انـت عـارف أنـك دمـرت حاجـات كتيـر أوي، المرحـوم خبّـى الفلـوس عـن ولاده عشـان عـارف أنهـم هيفسـدوا نفسـهم بيهـا وجيـت أنـت وسـاعدتهم فـي الوصـول ليهـا عـن طريـق شعوذتك واتصـالك بعـالم تـاني وإحضـار قـرين، الـروح اللـي أنـت جبتها هـي روح قرينـة مـش روح المرحـوم لأنـه مكـانش عـايز حـد يوصـل للفلـوس دي هـي كانـت هتـروح للـي يسـتحقها وده جزاتـك إنـك تفقد أعـز مـا تملكِ

ومـن ثـم رحلـت السـيدة العجـوز وتركـت ياسـين وهـو مشـتعل وغاضب بداخله.

قـاوم ياسين مرضـه وكسـوره كثيـرًا إلـى أن اسـتعاد عافيتـه وخـرج مـن المشفى، حـاول التواصـل مـع الشـرطة لكـن لـم يسـاعده أحـد، كلهـم أجزمـوا علـى أنـه لـم توجد سيارة أخـرى، وأن سـيارته انزلقـت مـن علـى الطريـق، وكـل الكـاميرات قـد اختفـت ولـن يسـاعده أحـد، كان كـل مـا كـان يشـغل بالـه فـي هـذه اللحظـة هـو الانتقـام، الانتقـام وفقـط. تواصـل مـع كـل مـن يعـرفهم ومـن قـدم لهـم خدمـات حتـى يسـاعدوه، وصـف لهـم هيئة الرجلين اللذين كانا في السيارة.

بعد فترة بحث وتنقيب استطاع أن يصل إلى الفتى الذي كان يجلس فالخلف وليس السائق، قام ياسين بخطفه ومن ثَمَّ تعذيبه حتى ينطق باسم من فعل هذا، وحين أخبره عن اسم الفتى بعد تعذيب دام ثلاثة أيام، ذهب إلى مكان الفتى الذي أخبره عنه وعرفه ولكن لم يقدر على المساس به في هذه اللحظة حين وجده في مطعم مُجتمعًا مع سيف واللواء مختار، أدرك أن هذا هو ابن اللواء مختار وأدرك أن اللواء مختار هو رب عمل سيف، ولأن سيف كان يحلم بالترقية فقد تخلى عن عدالة صديقه، وكأنه لم يكن صديقه ....

بعد أسبوع وجدوا سيارة كانت تحمل كل من ابن اللواء والفتى الآخر في عرض البحر غارقة، انقلبت الداخلية كلها تبحث عن ياسين إلى أن وجدته يجلس في منزله مُسترخيًا لا يُبدي أي اهتمام، حاولوا بشتى الطرق جعله يعترف، ولكنه لم ولن يعترف، جربوا معه كل طرق التعذيب، ولكنه كان صامدًا كالجبل لا يخبرهم بشيء، فلم يكن لديهم دليل واحد ضده، ولسوء الحظ والصداقة كان المشرف على تعذيبه هو صديقه سيف محاولًا جعله يعترف، لكنه لم يعترف حتى رغم بهتانه حين علم أن صديقه يعذبه، وقد أخفى الحقيقة لمطامعه الشخصية.

خرج ياسين بعد طلب من سيف للواء مختار يخبره فيه أنه ليس هو من قتله والتقرير أثبت أن الحادثة بسبب انقطاع تيل الفرامل وليس بسبب طرف آخر، وأن سيف سوف يضع نظره عليه أربع وعشرين ساعة.

خرج ياسين ورجع إلى بيته لم يكن قد شُفي غليله بعد والانتقام لم يُرجع له حياة هادئة وهنيئة؛ فقرر أنه سوف يُرجع ما قد ذهب بطريقته هو، أحضر لوح الويجا والشمعة، وحاول التواصل مع الروح، حيث جرَّب كل

أنواع السحر حتى السفلي، عقد صفقات مع عوالم أخرى حتى يعيدوا له ابنته، ولكن لم تكتمل إلى أن أصابه العمى من إحدى جلساته، وفقد عينيه قيمة الصفقة لم تعد ابنته فشعر بالخزي وترك هذه المهنة، وقرر أن يجلس على كرسيه ينتظر الموت، حين جاء سيف ليراه أدرك أنه أصابه العمى وأن لا سبيل للحصول منه على شيء، وقد انتشرت مهنة ياسين وعرفها سيف فقام بعتابه، ومن ثم قرر أن يهجره مدى الحياة؛ نظرًا لعدم التصاقه بمجرم ومشعوذ وتشويه سمعته، و لنهاية الصداقة السعيدة أقنع سيف اللواء أن ياسين ليس هو من قام بقتل ابنه وأنه سيبحث في الأمر.

القبور

ما إن كاد جمال يُنهي حديثه مع محمد، هرولت الخادمة مسرعة ناحية محمد ومن ثم همست له بشيء، فأخبرها أن تخبر جمال به، فقالت:

ـصديقك المحقق الآخر قد جرى من السلم المؤدي للحديقة وخرج من القصر.

ـإزاي ده حصل؟

ـمعرفش هو شاف غرفة المرحومة وبعد كدة بص على الصورة الخاصة بالسيدة العجوز في الردهة، فضل يقول كلام مش مفهوم وبعدها دفعني وجري.

لم يفهم جمال سبب كل هذا أو علة ياسين لفعل هذا، على كل الأحوال لم تكن الزيارة ناجحة؛ حيث تمسك هذا الوغد بعدم النطق بأي شيء غير الذي بالتحقيق وعدم التصريح بكلمة زائدة حتى أخته، فأخبره أنها تعاني من مرض الجنون والتخيل كثيرًا، وتتوهم وجود أشياء؛ مما أدى إلى جنونها

في نهايـة المطـاف، وأنـه لا يـدري أيضًا مـا سـبب موتهـا داخـل هـذا البيـت الـذي ينعـون فيـه، ولكـن ربمـا الحنيـن لطفولـة أو شـيء آخـر لـم يتحـدث محمـد عـن والـدتـه وموتهـا إطلاقًـا، وحيـن سـألـه جمـال عـن والـدتـه أجابـه أنهـا ماتـت بسـكتة قلبيـة، يـا لهـذا الوغـد لكـن جمـال لـم يقـدر أن يواجهـه لأن المعلومـات التـي لديـه سـرية جـدًّا، فلـم يسـتفد بشـيء ورحـل وهـو الآن أمـام حائـط سد!

ذهـب إلـى ياسين لكـي يعـرف سـبب هروبـه المفاجئ ومـا قصـة هـذه الصـورة، قصـد الكافيـه فلـم يجـده، قصـد منـزلـه فلـم يجـده، بحـث وتقصـى عنـه فـي كـل الأمـاكن التـي يقصـدها والتـي يعرفهـا فلـم يجـده الـى أن شـارف الليـل علـى الوصـول، وتذكـر جمـال أمـر ابنتـه وحبـه لزيارتهـا؛ فقصـد جمـال المقابـر الموجـودة بالمنطقـة، حيـن ذهـب إلـى هنـاك شـاهد قبرهـا، وجـده جالسًـا عليـه مُتَّكَئًـا لا يتحـرك، وقبـل أن يبـادره جمـال بالسـؤال قال ياسين:

- أنا المسئول عن كل ده!

- بتقول إيه؟

- لـو مكنتـش مـن الأول سـاعدت الراجـل ده وسـمعت كـلام الست العجـوز كنـت هحـافظ علـى بنتـي، سُـمعتي، حيـاة السـت اللي ماتت منتحرة هي وبنتها بعدها.

- أنا مش فاهم حاجة انت بتكلم عن إيه؟

- عـارف السـت العجـوز اللـي فـي الصـورة دي تبقـى جـدة نـور، أبـو نـور مـن سـنين طويلـة عـرض عليـا مبلـغ مـالي كبيـر جـدًّا مقابـل أنـى اعرفلـه ثـروة أبـوه اللـي مخبيهـا فيـن، حاولـت أرفـض لكـن المبلـغ مـوت ضميـري ومـن خـلال لـوح الويجـا

استدعيت الـروح وعرفـت المكـان فـين و قولتلـه، وخـدت فلوسـي والسـت العجـوزة دي قـالتلي إنـي هفقـد أعـز مـا أملـك عشان اللـي أنـا عملته ده وأنـا مـا صـدقتش، فـي نفس اليـوم كنت فاقـد بنتـي، أنـا السـبب فـي كـل ده لـو مكنـتش عملـت ده كـان زمـان بنتـي عايشـة ومكـانش الراجـل أشـترى بيت علـي علّـام ومكانش اللعنة صابت مراته وبنته مكانش كل ده حصل.

بـدأ ياسـين فـي البكـاء والنحيـب، وظهـر علـى جمـال علامـات مـن الشـفقة تجـاه ياسـين؛ فتركـه يبكـي حتـى يتخلـص مـن كـل طاقته السلبية ثم قال:

ـ كأن كل شيء مترتب يا ياسين، كل شيء مترتب.

ومـن ثـم اتجـه إلـى ياسـين، وبكـل عنـف قـام بسـحبه مـن ياقـة قميصه، وقال له:

ـمفيش وقـت لكـل ده لازم نـدور ونبحـث لحـد مـا نخلـص مـن ده أنـا متأكـد ان عيلتها همـا اللـي عملـوا فيهـا حاجـة وإحنا هنسعى لأن نخلـص مـن كـل ده تمالـك نفسـك شـوية يـا ياسـين حـاول تكفـر عـن ذنوبـك اللـي أنـت عملتهـا لـو مـش عشـان سـيف صاحبك فهو عشان بنتك!

ذهـل ياسـين مـن كـلام جمـال، وأخـذ يبكـي ويـردد كلامًـا دالًّا على ندمه، فقال جمال:

ـمفيـش وقـت يـا ياسـين، إحنا دلوقـت واصـلين لحيطـة سـد معنـاش أي حاجـة تانيـة غيـر الشـخص اللـي اسمـه سـاهر ده هـو الوحيـد اللـي يقـدر يوصـلنا أو يعرفنـا بـأي حاجـة لازم نكمـل يـا ياسين لازم نكمل.

هدأ ياسين أخيرًا ثم قال:

-لازم أكمل لازم نكمل فعلًا.

اصطحب جمال ياسين وقام بإيصاله لبيته، وأخبره أن ينتظر إلى أن يعرف شيئًا عن ساهر وسوف يتصل به.

ظل جمال يبحث عن أي شيء بخصوص ساهر، لكن لم يتوصل إلى ساهر هذا، لقد عرف مكان بيته وعمله وأصدقائه، حاول معرفة أي شيء منهم لكن إجاباتهم كلها كانت مُلخّصة في: لم نراه منذ قرابة الشهر أو الشهرين، ظل جمال يبحث في منزل ساهر، ولكنه لم يصل إلى أي شيء.

على الجانب الآخر كان ياسين جالسًا وبجانبه صورة ابنته يبكي تارةً و يتذكر أيامهم ويضحك تارة أخرى، أصابه الأرق فظل قرابة الأسبوع لا ينام وبدأ يتخيَّل أشياء تحدث أمامه، مثل: عودة ابنته وكلامه معها، رؤيته السيدة العجوز وكلامها. بقي على هذه الحال طوال أسبوع آخر إلى أن جاء جمال وهو حزين الوجه وقال له:

- مقدرناش نوصل لحاجة، يكاد يكون اختفى، ومحدش عارف عنه حاجة ولا صحابه ولا زملاؤه في الشغل.

- يعني إيه؟

- مش عارف يا ياسين.

هب ياسين من مجلسه وصرخ بوجه جمال:

-يعني إيه يا جمال؟ يعني إيه؟ أنت أدتني أمل إني ممكن لما أساعد في الجريمة دي هستريح من ذنبي.

ظل ياسين يبكي وهو يردد:

ـ ما تاخدش مني الأمل ده.

لم يعرف جمال ماذا يفعل في هذه اللحظة، همَّ بالخروج من المكان، ولكنه سمع ياسين وهو يقول بصوت حاد:

ـ استنى!

نظر له جمال فباغته ياسين سريعًا:

ـ بكرة تعدي عليا بليل وتجيب معاك أي حاجة خاصة بساهر ده.

ـ ليه كل ده؟

ـ من غير ليه يا جمال اسمع اللي بقولك عليه دلوقت.

ـ ماشى يا ياسين.

في تمام الثامنة مساءً، ذهب جمال إلى منزل ياسين ومعه سيارته، هبط ياسين ومعه حقيبة كبيرة لا يدري جمال ماذا بها فسأله عما يوجد بالحقيبة؛ فلم يرد وأمره بأن يتجه إلى منزل علي علَّام!!!!

حينما وصلا إلى المنزل كان هادئًا تمامًا في هذه الساعة من الليل، لم يجدا هذا الحارس، فدخلا إلى المنزل بعدما تخطوا علامات الشرطة، وقف جمال مذهولًا وخائفًا بينما تحرك ياسين ناحية حقيبته، وأخرج منها اللوح الويجا، المرآة، والشمعة!

اندهش جمال لهذا كثيرًا ومن ثَمَّ تابع ياسين:

ـأنــا هحضّـر روح نــور وهسـتخدم جسـدي كمضـيف ليهـا عشان نعرف منها أي حاجة عن ساهر ده.

ـأنت مش قولت إنها روح خطيرة وممكن تموت المضيف!

ـ مفيش وقت يا جمـال أنـا عـايز أسـتريح، عـايزك بعـد مـا ابـدأ الطقـوس تطلـع الحاجـة اللـي معـاك الخاصـة بسـاهر وتحطهـا قـدام عينـي وأنـا هستحضـر روح نـور هـي مـش هتمـوتني لأنهـا محتاجة إني أساعدها فهمت يا جمال؟

ـ ربنا يستر

بـدأ ياسـين فـي وضـع لـوح الويجـا ونطـق بعـض الكلمـات غيـر المفهومـة والهمهمـة، بـدأ ضـوء الشمعة يشتعل وتظهر بعـض الظـلال علـى المـرآة، نظـر ياسـين ناحيـة جمـال وفتـح عينيـه، وكانـت مكسـوة بـاللون الأبـيض وهـو يبتسـم ابتسـامة شـيطانية، فقـام جمـال بإشـهار الشـيء الخاص بسـاهر فـي وجـه ياسـين، كانـت بطاقـة سـاهر الشخصـية، فابتسـم ياسـين وقـال بصـوت يكاد يكون صوتًا شيطانيًا خارج من عمق الجحيم:

ـأعتقد البطاقة دي خاصة بيا.

ـبطاقتك؟

أدرك جمـال أنـه فـي موقـف لا خـروج منـه؛ لأن الـروح التـي أستحضرت هي روح ساهر وليست نور!!!!!!

الجثة

ـ وجودك دلوقت يا ساهر ده معناه شيء واحد بس.

ـ كلامك صحيح أنا ضحية الخداع

ـ خداع إزاي؟

ـ كل شيء وله ثمن يا جمال!

ـ وإيه هو ثمنك؟

ـ روح المضـيف، هـدلك علـى اللـي أنـت عـايزه مقابـل روح المضيف.

لـم يـدر جمـال مـاذا يفعـل فـي هـذه اللحظـة، فهـو قـاب قوسـين أو أدنـى مـن تحقيـق المـراد، فهـل يوافـق ويتخلـى عـن صـديقه أم ينتظـر؟ هـل هـو صـديقه حقًّـا؟ متـى أصـبح صـديقه؟ هـم فقـط يـؤدون وظيفـة تجمعهـم لغـرض شخصـي لكـل واحـد مـنهم، كـان جمـال مُشوَّشًـا فـي هـذه اللحظـة، هـل يوافـق مـن أجـل مطامعـه الشخصية، ويصـبح مثـل سـيف أم يـرفض لإنقـاذ ياسـين؟. ولكـن حـين يسـتفيق ياسـين هـل سيشـكره علـى هـذا أم سـيوبخه لتضـييعه الخـيط الوحيـد المُتبقـي؟ أدرك أنـه لـيس لديـه خيـارات ثم قال سريعًا:

ـموافق.

ـالشجرة بجانب مصنع الكيماويات.

وبـدأ ياسـين فـي الارتفـاع مـن علـى الأرض بقدمـه وهـو ينظـر إلـى الأعلـى وفمـه مفتـوح علـى آخـره، لـم يـدر جمـال مـاذا يفعـل فـي هـذه اللحظـة، انتابـه الهلـع والخـوف؛ فجـرى ناحيـة ياسـين وقام بكسر المرآة!!!!

حـين كسـرها سـمع صـوت صـرخة بشـع كصـوت مـن أعمـق حفرة في الجحيم، تقول له:

ويل لمن ينبذ العهد.

ثـم هـوى ياسـين عـلـى الأرض بسـرعة فائقـة، بـدأت ظـلال كثيـرة تتحـرك في محيـط القصـر، كـان جمـال ينظـر فـي جميـع الاتجاهـات حيـث تتحـرك الظـلال، ثـم تجمعـت الظـلال كلهـا فـي شـكل واحـد، وهجمـت عـلـى جمـال واختـرقـت جسـده، وخرجـت مـن الناحيـة الأخـرى وسـقط جمـال مغشـيًا عليـه بجانب ياسين.

حـين أفـاق جمـال وجـد نفسـه مـازال داخـل ردهـة القصـر وبجانبـه ياسـين مغشـيًا عليـه، نظـر إلـى سـاعته وجـد أنها قـد تجـاوزت الثانيـة عشـرة؛ فهـرع إلـى ياسـين يحركـه ليسـاعده عـلـى الإفاقـة، تملـك الخـوف جمـال فتـرة ظننـا أن ياسـين قـد مـات أو أصـابه مكـروه؛ فظـل يحركـه بشـدة إلـى أن أبـدى ياسـين علامـات حيـاة؛ فـرح جمـال ثـم سـاعده عـلـى النهـوض والخـروج مـن القصـر والـذهاب إلـى السـيارة، وأخـذ حقيبـة ياسـين ومحتوياتهـا معـه، حينمـا أفـاق ياسـين لـم يتـذكر أي شـيء وحـين نظـر أمامـه عـلـى الطريـق وجـد جمـال يتحـرك بسـرعة فائقـة على الطريق، فهتف ياسين:

- رايحين فين؟

- مصنع الكيماويات على بُعد عشرة كيلو من هنا.

- ليه؟

- أنت مش فاكر؟

- لا طـول مانـا مُضـيف كـأني ميـت مبفتكـرش أى حاجـة، هـي نور قالتلك إيه؟

ابتسم جمال بسخرية ومن ثم قال:

- قصدك ساهر قال إيه؟

- ساهر! ده معناه أنه...

- بالظبط و غالبًا هي دي كلمة السر.

صمت ياسين وجمال إلى أن وصلا إلى مصنع الكيماويات، وقفا أمام الشجرة المُشار إليها والتي لا يوجد غيرها في المكان، ثم بدأ جمال وياسين بالحفر...

امتد الحفر معهما إلى عمق كبير، ولكنهما توقفا حين لمحا كيسًا أسود كبيرًا وضخمًا، أدركا أنهما قد وصلا إلى مُرادهما وحين همّا بأن يُخرجاه، سمعا صوت طلقة تخرج من سلاح لتستقر أسفل الكتف الأيسر لياسين، ظل جمال مذهولًا لا يدري من أين جاءت إلى أن ظهر في الظلام تحت ضوء القمر رجل وبيده سلاح مشيرًا به ناحية جمال، وحينما استوضح جمال الرؤية صاح به:

- عم عثمان؟

- سامحني أنا مضطر أدفنك أنت والدجال اللي معاك ده هنا مع المرحوم.

- أنت مش أخرس؟

بدأ عثمان بالضحك ومن ثم قال:

- مفيش حد أخرس هنا، الحاجة الوحيدة الخارسة عندي هي ضميري.

ثم بدأ بالضحك، وأشار لجمال بأن يخرج من الحفرة، وحين خرج تابع عم عثمان:

- كان لازم تحشر نفسك في كل ده، أديك هتحصلهم كلهم.

- ليه كل ده يا عم عثمان؟

- إجابــة بســيطة الفلــوس، أنــت عــارف محمــد باشــا عــرض عليــا كــام عشــان أســكت، اه صــح مــش أنــا اللــي قتلتــه محمــد باشــا هو اللــي قتلــه، شهادة لله عشــان أخلــص ضميري أنــا اتصــلت بالباشــا بتــاعكوا اللــي اتجــن ده وقولتلــه إن مفيــش حــد بيمــوت هنــا موتــه طبيعيــة ولكــن هو مــا اهتمش وأنــا كمان مــن بعدها مــا اهتمــتش، وفضــلت حــارس للقصــر والمنطقــة والشــجرة دي وكل مــا بحميهــا كــل مــا فلوســي بتزيــد، وأنــت دلوقــت جــاي تهــدد مصدري ده وأنا مش هسمح بده.

رفــع عــم عثمــان ســلاحه ناحيــة جمــال، قــام جمــال بالانخفــاض لأســفل بحركــة مُباغتــة، ثــم أخــذ بعضًا مــن الرمــال المُلقــاة على الأرض وقــذفها ناحيــة وجــه عــم عثمــان وانقــض عليــه، ظــل الصــراع بينهمــا متواصــلًا، كانــت الغلبــة لجمــال؛ فهــو قــوي الجســد والبنيــة إلــى أن انتــزع الســلاح مــن يــد عــم عثمــان، وقــام بضــربه حتــى أفقــده الــوعي، أخــذ ســلاحه وظــلَّ واقفًا بيــن جثــة ســاهر وجســد ياســين في الحفــرة، وعــم عثمــان مغشــيًّا عليــه بالخــارج، فلــم يجــد جمــال مفــرًّا ســوى الصــراخ بــأعلى صــوت حتى استقرت نفسه ....

بعد مرور أسبوع

حينمــا فتــح ياســين عينيــه وجــد أمامــه جمــال وهو مبتســم لــه، نظــر بجانبــه وأدرك أنــه بالمشــفى وأن ذراعــه مكســور، وجــاء فجأة صوت جمال:

- حمــد الله علــى الســلامة يا ياســين، المــرادي أنــا قاعــد فــي المستشفى من أسبوع عشان متهربش.

ضحك جمال وبسرعة باغته ياسين، وكأنه تذكر شيئًا:

ـ الجثة يا جمال، ساهر يا جمال

ـ كل شيء تحت السيطرة.

ـ إيه اللي حصل؟

ـ هقولك بس لما تفوق.

ـ أنا فايق يا جمال!

ظفر جمال ثم قال:

بعد ما الطلقة أصابت كتفك أنت فقدت الوعي جوه الحفرة، وظهر عم عثمان ومعاه سلاح وحصل اشتباك بينا لحد ما سيطرت عليه وبعد كدة اتصلت بالشرطة، وعاينوا الجثة واتاكدوا أنها بتاعت ساهر.

ـ وبعدين؟

ابتسم جمال ثم قال:

ـ وهما بيفحصوا الجثة لقوا إن في آثار أنسجة على ضوافر ساهر.

ومن ثم تابع بكل ثقة:

آثار الضوافر دي تبقى بتاعت محمد أخو نور.

ـده معناه أنه قتله؟

بالظبط ومش كده وبس، عم عثمان اعترف عليه أنه قتله لأن حصل بينهم اختلافات على قيمة فلوس، ساهر كان متفق مع محمد ومش محمد بس لا مع العيلة كلها على أنه هيكمل تمثيليتهم بالأوهام أنهم يوهموا نور إنها مجنونة بشتى الطرق ويدفعوها لانهيار وللانتحار وبالتالي يستولوا على الثروة اللي أبوها كان كاتبها باسمها هي بس، فكده كان ساهر بيجننها بره البيت وأخواتها جوه البيت، ومحمد ما رضيش يروح في الرجلين لوحده واعترف أن اخواته كلهم كانوا متفقين معاه على ده عشان متضايقين إن كل حاجة باسم نور وهما ملهمش حاجة، بس لحد دلوقت يا ياسين محدش يعرف هي اختارت ليه إنها تموت جوه البيت ده ومحدش يعرف سبب انتحارها هناك، والطريقة دي ماتت بيها ليه بس مش مهم المهم أننا خلصنا وريحنا روح البنت المسكينة دي.

ابتسم ياسين ابتسامة بسيطة، ومن ثم تذكر كلام الطبيب الخاص بحالة علي علّام حين أخبره بأنه مساءً قد سمع من الناس أصوات صراخ لسيدة بالقصر تقول: دايرة مقفولة، الخروج مش منقذ، أنت لسه جوه.

تابع جمال:

ـ حاجة كمان سيف هيخرج قريب، مراته اتفهمت بعد ما حكيتلها كل حاجة وقولتلها إن كل حاجة خلصت، واتنازلت عن كل حاجة وأي محاضر ضده وقالت أنه ما كانش في كامل قواه العقلية واتقبلت شهادتها و هيخرج قريب، وأنا الحمد لله رجعت الداخلية وتمت ترقيتي.

أبتسم ياسين ثم قال:

-مبروك يا جمال باشا.

وأعتقد دلوقت بنتك استريحت، وأنت كمان دلوقت تقدر تكون مستريح.

لم يقدر ياسين على الكلام فقد اكتفى بالابتسامة وتحريك رأسه للأسفل والأعلى.

اليأس

ظل يفكر هل فعلًا قد استراح؟ هل بداخله استراح من التعب والألم الذي لحق به في الفترة الأخيرة؟ هل بالفعل تخلص من عواقب أفعاله الماضية؟ هل مساعدته في هذا الحدث قد أراحته؟ وأراح ابنته؟ إنه لا يعرف أو هو يعرف، ولكن لا يقدر على الإباح بأنه بالفعل لم يسترح!

لقد حاول بالماضي قتل من كان سببًا في قتل ابنته ولم يسترح، حاول تصحيح أخطائه ومساعده الفتاة ولم يسترح، قام بكشف الحقيقة ولم يسترح، إنه يعرف راحته جيدًا، راحته لم يشعر بها سوى في السنوات التي قضاها مع ابنته غير ذلك فهو لم يسترح؛ فأدرك في هذه اللحظة أن عودة ابنته هي الشيء الوحيد الذي سيريحه من كل هذا التعب!.

حينما جاء جمال لزيارته في موعده المعتاد السادسة مساءً لم يجده في سريره؛ صرخ جمال بكل من بالمشفى وأقسم على أنه سوف يحاسبهم، وحين نظر إلى السرير وجد رسالة مكتوب عليها جمال، وعندما فتحها كانت

لربما قد حصلت أنت يا جمال على مُرادك، سُمعتك، وترقيتك، ولربما حصل سيف على مُراده وارتاح وخرج إلى عائلته، لكن أنا يائس يا جمال؛ ليس لدي عائلة ولا ترقية أو سُمعة؛ فأنا وحيد، كنت أظن أن بمساعدتي هذه الفتاة قد

أستريح وأرتـاح بعـد كـل أفعـالي الماضـية، ولكـن لـم أشـعر ولـو للحظـة واحـدة بـأنني قـد فعلـت شيئًا، أنا أدرك سـبب سـعادتي يـا جمـال، إن سـبب سـعادتي يكمـن فـي ابنتـي، وأنا سـوف أحـاول أن أسـترجعها، فسـامحني يـا جمـال وأتمنـى أن أكـون قـد أصبحت لـك خيـر صـديق فـي الأيـام الماضـية، صـديقك ياسين..

لـم يقـدر جمـال علـى فعـل شـيء،، ظـل يصـرخ بكـل مـن كـان حولـه، قـرأ الرسـالة أكثـر مـن مـرة ومـن ثـم اسـتوعب كلمـة سـأحاول اسـترجاعها، و انطلـق مهـرولًا ناحيـة منـزل علي علّام!

كـان يـدرك بداخلـه أن هـذه هـي الوجهـة القادمـة لياسـين؛ فياسـين هنـاك قـام بعمـل طقوسـه الغريبـة التـي تركهـا مـن سـنين، وقـام باستحضـار روح سـاهر الميـت، لربمـا يقـدر علـى استرجاع روح ابنته أيضًا.

حينمـا اقتـرب مـن القصـر، كـان يبـدو علـى القصـر اليـوم الهيبـة أكثـر مـن أي وقـت مضـى تحـت ضـوء القمـر، سـارع بـالنزول مـن السـيارة ومـن ثـم جـرى ناحيـة البـاب ووجـد ياسـين جالسًا علـى الأرض فـي الردهـة وحولـه لـوح الويجـا، مـرآة، وشـمعة. صرخ به جمال:

-ياسين!

-امشى من هنا يا جمال

وظل ياسين يردد كلامًا غير مفهوم يبدو كترانيم

-مش هترجع يا ياسين مش هترجع

-ساهر رجع فأكيد هقدر أرجعها حتى لو دقيقة، اعتذر فيها عن اللي سببته.

-يا ياسين افهم، مش هترجع أنت هتستدعي روح قرين ليها هيأذيك مش هترجع.

لم يهتم ياسين بجمال، وظل يردد كلماته غير المفهومة، ومن ثم نظر لجمال وقال له:

-كنت خير صديق لي يا جمال شكرًا.

جرى جمال ناحية المرآة عازمًا على كسرها، ولكن سرعان ما دفعه ياسين دفعة اسقطته على الأرض، ثم بدأ ياسين بالصراخ وبالنظر إلى الأعلى وعيناه يتحول لونهما إلى الأبيض الكامل، نظر إلى جمال الملقى على الأرض، كان جمال مرعوبًا في هذه اللحظة؛ فهناك خيالات وأشباح تتحرك في الغرفة، ويسمع أصواتًا غريبة، ثم نظر ناحية ياسين ووجده على هيئته هذه فهتف به:

-ياسين؟

ثم ظهرت ضحكة أنثوية شريرة من الجحيم وبقاعه وقالت:

-مفيش ياسين خلاص.

-نور؟

بدأت في الضحك ومن ثم تابعت:

- فيرجينيا، فيرجينيا فقط يا عزيزي.

اشــتد الرعــب علــى جمــال، حيــث إن الـذي يمكـث أمامــه لـيس مــاردًا مــن خــدم الشــيطان، بـل إنـه الشـيطان نفسـه، ومـن ثـم تابعت:

ـ أنـت خليـت بعهـدك مـع روح سـاهر وروح سـاهر هتفضـل تتعـذب لحـد إمتـى؟ لازم تـرد حقهـا أنـت عـارف عقـاب اللـي بيخون العهد ايه؟

لـم يقدر جمـال علـى الكـلام، ظـل جسـد ياسـين يقتـرب مـن جمـال إلـى أن أمسـك برقبتـه ورفـع جسـده مـن علـى الأرض، وقـال جمال:

- ياسين فوق فوق دي مش بنتك انت استدعيت فرجينيا.

ظـل جمــال يضــربه علــى وجهــه ورأسـه إلــى أن قذفــه ياسـين علـى الأرض بجانـب المـرآة، هـم جمـال بكسـرها، ولكـن يـد خفيـة امتـدت مـن تحـت الأرض لتمسـك بيديـه وتمنعـه مـن التحـرك، حـاول جمـال الـتملص منهـا وهـو يصـرخ بـأعلى صـوته فلـم يقـدر، ظـل يصـرخ بياسـين كثيـرًا، لـم يُبـد أي اهتمـام ثـم قـام جمـال بتحريـك قدمـه وإصابة الشـمعة؛ فسـقطت وبـدأ نورهـا فـي التخافـت، لاحـظ علـى ياسـين بـدء علامـات الإفاقـه وعـودة عينيـه، ولكـن فيرجينيـا ظلـت تصـرخ مـن خـلال جسـده وتقول:

ـ لن تقدر فأنت لست بقوتي!

حـاول ياسـين المقاومـة وبـدأ حـديث بينهـا وبـين ياسـين، يخـرج مـن فمـه صـوته تـارة وصـوتها تـارة أخـرى، قـام ياسـين بضـرب رأسـه حتـى يطردهـا مـن جسـده، لكـن لـم يسـتطع، ومـن ثـم أشـار لجمال وقال بصوته ممزوجًا بصوت فيرجينيا:

ـ ساعدني يا جمال.

حاول جمال التحرك، ولكن كان كالمُقيَّد من يديه؛ لم يقدر جمال على فعل شيء، نظر إلى ياسين نظرة العاجز ومن ثم قال ياسين:

ـ جايلك يا سارة يا عزيزتي.

ظل جسد ياسين يتحرك وينتفض إلى أن بدأت عيناه في التحول إلى اللون الأسود وارتفع جسده إلى الأعلى، وظل في الهواء مُعلَّقًا كحرف إكس، ثم نظر لجمال وابتسم ابتسامة شيطانية.

هوت الصاعقة على جمال حين وجد ياسين وهو ينفجر بعد اتخاذه شكل إكس، لقد انفجر ياسين وتناثرت أحشاؤه ودماؤه في كل المكان، ظل يصرخ جمال من هول الموقف، ظل يصرخ كثيرًا، وكانت الأحشاء والدماء تُغطي كل جسده وسط الصراخ.

تحررت يداه من القيود، ومن ثم اختفت الأشباح، وكُسرت المرآة، وأُطفئت الشمعة، وتدمر لوح الويجا، وعاد الهدوء إلى المكان، وفقد جمال وعيه.

ظل سلطان حبيس غرفته الشهور الماضية كلها، كان يُحمل نفسه فوق طاقتها في قتل ياسين أثناء صدمه بالسيارة، كان يعلم أنه ليس له الحق في قتله حتى لو كان ياسين شخصًا سيئًا، حاول بشتى الطرق نسيان هذا؛ جرب جميع أنواع المخدرات والكحوليات، ولكن لم تبدُ هذه نتيجة لتُكفر عنه ذنبه، حاول النزول والاندماج والرجوع إلى حياته، ولكنه رأى وجه ياسين بكل مكان يوبخه، مَنع النزول من البيت، ونمت ذقنه وشعر رأسه، وأصبح مثل رجل الكهف إلى أن

قـرر أنـه سـوف يُنهي معاناتـه هـذه ومـن كـان السـبب فيهـا فلـن يمـوت وحيـدًا، تـابع سـيف منـذ أن عـرف أنـه دخـل المصحـة إلـى معـاد خروجـه، انتظـره بالخـارج ومعـه سـلاح قـام بشـرائه، حتى ظهر سيف بمرمى بصره ومعه عائلته فنادى عليه:

ـسيف باشا

ومن ثَمَّ أطلق النار على وجهه الوسيم.

بـدأ النـاس بالصـراخ، وعائلـة سـيف تبكـي بجـانبهم، وسـلطان يجري ويعدو إلى أن وصل لسيارته وهرب.

بعد يـومين حـين تعرفـت عليـه الشـرطة مـن الكـاميرات اتجهت إلـى منزلـه، وكانـت المفاجـأة أنهـم وجـدوه قـد شـنق نفسـه ومـات منـذ يـومين أيضًـا، فبعـد قتلـه لسـيف قـام بشـنق نفسـه فـي منزلـه مباشـرةً، وتـرك رسـالة مكتوب فيها ما أجمل الراحة!

ظـل جمـال حبـيس بيتـه لمـدة أسـبوع بعـد مـا رآه مـن مشـهد قتـل ياسـين وبعـدها علـم بمـوت سـيف، وأدرك إلـى الآن أنهـا لـم تكـن صُدف، فقرر أن يُنهي كل هذا.

اتجـه جمـال إلـى منـزل علـي عـلَّام، وحـين وصـل كـان واقفًـا أمـام بـاب المنـزل وبيـده يحمـل كميـة مـن البنـزين وبيـده الأخـرى يحمـل مشـعلًا، وأخـذ يبتسـم للمنـزل وقـد تهيـأ لـه أن المنزل أيضًا يبتسم له ويفتح أبوابه بانتظاره.